外資のオキテ

泉 ハナ

角川文庫
21155

Contents

GORDON JAPAN
ゴードン・ジャパン

六本木《ろっぽんぎ》一丁目《いっちょうめ》駅の改札を出ると、突然、目の前が大きく開けて、夏の名残りを感じさせるまぶしい光が私を包み込んだ。

駅と直結した高層ビルのエントランスには、燦々《さんさん》と太陽の光が差し込んでいる。

見上げると、天井がガラス張りになって、真っ青な空がそこに広がっていた。

エントランスの一番奥で、大きなガラスケースのようなエレベーターが、陽の光を反射させながら、天井へと吸い込まれていく。

周囲を、スーツ姿の人々が行きかう。

耳にはいってくる会話の中には、英語が交じっている。

入ってすぐ横にある案内のボードには、ビル内にオフィスを構える企業の名前が並んでいるが、誰もが知っている世界的に有名な大企業の名前もいくつかあった。

ボードを見ていた私を、ふわりとエキゾチックな南国の香りが包みこむ。

振り返ると、シックなグレイのスーツに身を包んだ背の高い金髪の女性が、書類バッグを片手に、颯爽《さっそう》とエレベーターに向かっていく後ろ姿があった。

一瞬、自分がどこか外国にいるような錯覚に陥る。

ずっとあこがれ、夢見てきた世界がここから始まる。

ここが、私の新しいスタートラインになるに違いない。

高鳴る胸を押さえつつ、私は金髪の女性の後を追うようにして、エレベーターへと向かった。


アメリカに行こうと最初に言ったのは、同じ歳の従姉妹《いとこ》の多美子《たみこ》だった。

多美子は中学生時代、私の一番の友達で、私たちはそろって、アメリカの映画やドラマに夢中だった。

自由な学校生活、かっこいい彼氏とのデート、先生と対等に話す生徒たち。スタイリッシュなオフィスで働き、男性と肩を並べて活躍するおしゃれなアメリカ人女性にあこがれていた。

「貴美《きみ》ちゃん、いつかいっしょにアメリカに行こうよ」

ベッドの上でアメリカのTVドラマ『アリー my Love』を観ていた多美子が、そのベッドに寄りかかって画面に見入っていた私に言ったのを覚えている。

「何、旅行？」

「違うよ！　留学だよ！」

思ってもみなかった提案に驚く私に、多美子はベッドの脇にあった冊子を手にして私に見せた。

「アメリカに行って、英語を勉強して、将来、英語を話して仕事するの。アリーみたいに」

そう言って多美子が指さしたテレビの画面には、オフィスで同僚と語り合っているアリーの姿があった。

『アリー my Love』は、その時、私たちがいちばん好きだったアメリカのドラマだった。

ボストンで弁護士をしているアリーの、華やかな毎日を描いたコメディドラマで、第一線でバリバリ仕事をこなすアリーにはいつもすてきな恋人がいて、私たちは彼女に夢中だった。

「ほら、これ見て」

多美子が開いて差し出したページには、金髪のアメリカ人男性と日本人とおぼしき男女が、楽しそうに芝生の上で歓談する写真が掲載されていた。

「語学留学だよ。ホームステイしながら、英語を勉強するの。いいでしょ？」

そこには、〝アメリカの生活を楽しみながら、英語を学ぶ〟と大きく書かれていた。

学校は、ニューヨーク、ロス、シカゴ、シアトル、フロリダ、サンフランシスコと、誰もがよく知る都市にあり、それぞれの学校案内には、その土地柄をあらわすような写真が掲載されていた。

私の脳裏には、今まで観てきたアメリカのドラマや映画のシーンが次々と浮かんだ。映画やドラマで観ていたような場所で英語を勉強する。

想像しただけで、胸が高鳴った。

けれど、記載された金額を見て、その気持ちは一瞬にして消えた。

「多美ちゃん、こんな高いお金、無理だよ。うちのお父さんもお母さんも、絶対反対する」

一年の学費は、どれも数百万かかる。

中には、年間滞在費と学費で、六百万と書かれている学校もあった。

会社員であるという程度しか父の仕事は知らなかったが、そんな金額を簡単に出せるような状況ではないのは知っていた。弟が中学に入ってからパートに行きだした母が、ため息をつきながら、家の外装工事の金額が高いとこぼしていたのを聞いたばかりだ。多美子の家だって、そのあたりの事情は、うちとそうは変わらない。

しかし、多美子はひるまなかった。

「バイトしてお金貯めればいいんだよ。自分のお金なら、親にとやかく言われる筋合いないし、許可を取る必要だってない。そりゃ、アメリカに留学するなんて、うちの親も貴美ちゃんちも、絶対反対するにきまってる。だから、いっしょにがんばってお金貯めようよ。そしていっしょにアメリカ行こう。英語話せるようになって、アメリカで仕事するの！　すごいじゃない？　すてきじゃない？」

きらきらと輝く多美子の瞳《ひとみ》を、今でも覚えている。

私たちは手を取り合って自分たちの輝かしい未来に飛び跳ねて興奮し、いっしょにパンフレットを見て、アメリカに行く夢を何度も語り合った。
あれから十四年。
私はアメリカに語学留学し、一年、英語を勉強することができた。
叶《かな》った願いは、多美子と私が夢みていたものとは違っていた。
物事を為《な》すのは簡単ではなく、決意したことを実行に移すのはとても難しい。
子供だった私たちの約束が守られることは、もっと難しかった。
でも、ひとつだけ、はっきり言えるのは、今の私があるのは、あの日の多美子の言葉
があったからだ。
多美子といっしょにアメリカ留学に夢を馳《は》せたあの時が、今の私に繋《つな》がっている。
あの日が、私の最初の一歩だった。

二十九階に着いてエレベーターの扉が開くと、通路の奥に、大きく掲げられた〈ゴー
ドン・ジャパン〉のロゴが目に飛び込んできた。
鮮やかなブルーと銀色の英文字を重ねたそのロゴは、白い壁に映えて、とても美しく
見える。
外資系企業への就職は、日本企業への就職とは違う。
ネットに数多くある就職斡旋《あっせん》サイトとは別に、外資系企業への専門の転職サイトがあ
り、そこには日本のだけではなく、外資系のヘッドハンティング会社やリクルート会社

もたくさん名前を連ねている。

帰国してすぐ、そこで募集がかかっている外国人付秘書のポジションにいくつかエントリーをしてみたけれど、色よい返事はひとつももらえなかった。丁寧な断りのメールが来るところはまだましで、音沙汰《おとさた》のないところもあったり、中には、慇懃《いんぎん》無礼な英文で「あなたに紹介できるような仕事は、うちでは扱いはありません」というメールを送ってきたところもある。

何がだめなのか、なぜ面談にすら行きつけないのか、はっきりとした理由はわからなかった。

親戚《しんせき》や友人知人の中に、外国に留学した人もいなければ、外資系企業で働く人もいないし、事情がわかる人や相談できる人もいない。

断りのメールばかりでくじけかけていた時、『よろしければ、一度お会いすることはできますか？』というメールが、ゴードン・ジャパンの鈴木《すずき》さんという人から送られてきた。

LinkedInというビジネス用SNSで公開していたレジメ（職務経歴書）が、実を結んだ結果だった。

ゴードン・ジャパンはボストンに本社を置く人材紹介会社で、日本でのビジネスも十年以上の実績がある。

受付で名前を告げてから、その横にあるソファに腰を下ろすと、天井から床までガラス張りになった窓からは、六本木の街を見下せた。

小さく見える車が、陽の光をきらきらと反射させながら走っていく。

ソファの前に置かれたテーブルには英語の雑誌が並べられ、壁のスクリーンには外国のニュース映像が映し出されている。

広がる景色、オフィスの雰囲気、どれもすべてが、アメリカにあるような空気をもっていた。

扉の開く音がして、入口近くの会議室から外国人男性と年配の日本人男性が出てくると、ふたりは私の横に立った。

「今日は突然お呼びたてして、申し訳ありませんでした」

「いえ、とんでもない。大変有意義なお話をありがとうございました」

流暢《りゅうちょう》な英語で挨拶《あいさつ》をした年配の日本人男性は、相手の外国人と握手を交わしてからオフィスを出て行く。慣れたその様子から、その人が長く外資系企業で働いているのがわかる。

去っていくその背中には、自信に満ちた輝きがあるように感じた。

その人の背中を見つめていた私の横から、声がした。

「高村《たかむら》さんですか？　お待たせしました。鈴木です」

私の前に立ったのは、長いストレートの髪にベージュのスーツ、それにあわせたベージュのパンプスを履いた、〝外資系で働く女性〞のイメージそのままの人だった。

「今日はありがとうございます。よろしくお願いします」

立ち上がって頭を下げた私に、鈴木さんが「こちらへどうぞ」と言って受付の奥へ歩き出す。

濃紺のカーペットが敷かれた通路の両サイドには、Concert、Rhapsody と書かれたプレートが掲げられた会議室が並んでいる。

鈴木さんはその一番奥にある、Prelude と書かれた部屋の扉を開けた。開かれた扉の向こうには、六本木ヒルズが窓に映し出されていた。

「お送りした地図でわかりましたか？」

部屋に置かれた小さなテーブルの前に座った私は、「はい、ありがとうございます、すぐにわかりました」と答えた。

鈴木さんは持ってきた黒い革のファイルケースから、私のレジメを取り出した。

外資系企業に提出するレジメは、日本の会社でよく使われている定型用紙は使わず、経歴と職務経験をＷｏｒｄで書いて、それを日本語と英語で作成する。

決まった書き方はないが、二枚ほどの書面の中で、自分をどうアピールするか、それなりのテクニックが必要となる。

外資系企業で働くことを考えていた私は、語学学校でレジメの書き方の講座も受けていた。

「突然のメールで、驚かれたんじゃないですか？」

「いえ、とてもうれしかったです。外資系企業で働きたいと思っていろいろエントリーしていたんですが、上手《うま》くいかなくて、どうしていいかわからなくなっていたところだったので」

「他のエージェントとは、お会いになっていらっしゃいますか？　進んでいる案件などありますか？」

「いいえ。エージェントの方とお会いするのは、実は鈴木さんが初めてなんです」

鈴木さんは、私の答えにうなずくと、レジメを手にして「いろいろ確認させてくださいね」と言った。

「高村さんは、新卒で長谷川電気工業《はせがわでんきこうぎょう》に入社されて、ずっとそこでお仕事されていましたね。きちんとした会社ですし、女性も定年まで働ける会社だと聞いていますが、お辞めになったのは何か理由があったのですか？」

「留学したかったので」

留学という言葉に、力がはいった。

「長谷川電気工業での仕事に不満があったわけじゃありません。でも、古い体質の日本の会社なので、今も事務職の女性は制服を着て仕事をしていますし、言われたことだけやっていればいいという感じの仕事しかしていませんでした。未《いま》だに、結婚や恋愛を第一に考える風潮は女性の間にも根強く残っていました。それに違和感を感じて、前から勉強したいと思っていた英語を学ぶために、会社を辞めてアメリカに留学しました」

「学校は一年？」

「はい、カリフォルニアのサン・ローレンスカレッジという大学に併設された語学学校です」

きちんとした学校だった、と思う。

ロス近郊とは名ばかりの、中心部から車で二時間以上もかかる、周囲には何もない小高い丘の上にある小さなカレッジは、こぢんまりとしていて、テレビや映画で見るような華やかな世界からは程遠かった。

広大な敷地の中で、カレッジ本校から離れた場所に建てられた語学学校に通うのは、私のような外国人ばかり。本校に通うネイティブの生徒と関わる機会は、ほぼない。

語学生徒のほとんどは日本人か韓国人で、勉強より遊びが優先の人が多かったけれど、学校のカリキュラムや先生はきちんとしていて、おかげで私はＴＯＥＩＣで高いスコアをとることもできたし、英語を身に付けることができた。

意外にも、語学学校には、自費で留学している生徒は少なかった。

多くの生徒は親が出してくれたお金で、アメリカでの生活を優雅に楽しみ満喫していた。

学校の寮でつましく暮らす私とは違い、彼らはアパートやシェアハウスに住んで、授業が終わると自分の車で遊びにでかけて行く。

お金に余裕もなく、ひたすら勉強に励むしかない私が住む寮の前のパーキングから、彼らが楽しそうに出かけて行く声がいつも聞こえていた。

会社を辞めてアメリカに行くと決意した時、私は二十七歳を迎える直前だった。

アメリカに一年いて帰ってきたら、二十八歳になる。

周囲はこぞって渡米を反対した。

「結婚して子供育てる人だっている年齢なのに、何を馬鹿なことを言ってるの？」

そう言って両親は呆《あき》れ、怒った。

「留学して外資系企業で働くって、今更そんな夢みたいなこと言ってる場合かい？」

そう言ったのは課長。

「本当は、アメリカ人の彼氏探しに行くんじゃない？」

そう言って笑った友達もいた。

賛同してくれる人も、応援してくれる人もいなかった。

みんなと違うことをしようとすれば、そういう反応が返ってくるのは、心のどこかでわかってた。

それが怖くて、それまで自分を抑えていた。

アメリカに行く決意のきっかけとなったのは、やはり多美子だった。

とくに取り柄もなく、目立つこともなく淡々と学生時代を過ごした私とは違い、多美子は花開くように美しく成長し、高校時代に雑誌の読者モデルとしてデビューした。

ミス大学にも選ばれ、常にかっこいい彼氏がいた多美子は、そのまま大手広告代理店に就職し、あっという間に結婚した。

出産のお祝いに、彼女の住む都内の高層マンションに行った私は、案内された部屋にはいるなり、呆然《ぼうぜん》と立ち尽くした。

雑誌に出てくるようなおしゃれなインテリア、左手の薬指に光る大きなダイヤの指輪、外国製の籐《とう》のベビーベッドには双子の赤ちゃんが眠っていた。

女性なら、誰もが一度は夢見る全てのものが、そこには揃っていた。

そして、全てを手に入れ、幸せいっぱいの多美子は、とても美しかった。

お茶を飲みながら話している最中に、双子の片方が泣き出した。

多美子は立ち上がり、赤ちゃんを抱き上げて、そして振り返って「いいよね、貴美ちゃんはまだ、自由だもん」と突然言った。

意味がわからず彼女を見た私に、多美子は美しい顔を少しだけ歪《ゆが》めた。

「中学の時、いっしょにアメリカ行こうって言ったの、覚えてる？」

うなずくと、多美子はため息をつきながら「私はもう、行けないよ」とつぶやいた。

「モデルの仕事でお金貯めてたけど、いざ行こうって考えると足踏みしちゃった。今の夫とつきあいだして、結婚の話もちらほら出るようになって、そんな時に留学の話したら、親にも夫にも馬鹿かって言われちゃってさ。そうだよねって思ってあきらめたんだけど」

胸に抱いた赤ちゃんの背中をぽんぽんと叩《たた》きながら、多美子は窓の向こうに見える景色を見つめた。

「この子たちが生まれて、私、もうアメリカに留学するなんて無理だって気が付いたんだ。そしたら、ものすごい後悔して、後悔しかなくなっちゃった。この話、友達にしても、全然わかってもらえないの。わがままだとか、贅沢《ぜいたく》だとか言われるだけなんだ」

多美子はそこで、大きなため息をついた。

「今が幸せじゃないとか、そういうことじゃないの。夫のことは好きだし、子供たちもとってもかわいい。不満があるわけじゃないんだ。でも時々、本当に私がやりたかったことって何だったのかなって考えることがある。でも私、学生生活もモデルの仕事も、その後の会社の仕事も恵まれていたし、楽しかった。でも私、結局どれもこれも、ちゃんと自分で本当にやりたいことなのかって、考えていなかったように思うんだよね。みんながいいねいいねって言ってくれるのにうかれて、そうか、いいのかーって、そんなふうに思っていたし、お母さんや夫が良いって言うことを、そのまま受け入れてた。だから、結婚して子供が生まれて、自分のことだけじゃなくて、家族のことも考えないといけなくなった今、いろいろ後悔してる……馬鹿みたいだけど」

貴美ちゃんはまだ、自分の好きにやりたいことができるんだよと、別れ際に多美子が言った。

その言葉が、それから何度も浮かんでは消えた。

ずっとやりたかったこと、それはアメリカに留学して英語を学ぶことだ。

でも、多美子の言うとおり、やりたい、行きたいと思っているだけでは、その願いは叶《かな》うことはない。

多美子の言葉が、私を決意させた。


「英語は以前から、どこかで勉強していらしたんですか？」

「テレビの英語講座やネットで勉強はしていましたが、少ししゃべれるって程度で、きちんと勉強したのはアメリカへ行ってからです」

「それでＴＯＥＩＣ８７０点は、がんばりましたね。語学学校に通って、ＴＯＥＩＣのスコアをきちんととる人は意外に少ないんですよ。語学留学では、たいていの人は遊んですごしてしまって、勉強のほうはおろそかになってしまいます。しっかり試験を受けてスコアを上げる人はあまりいません。けれど英語に慣れた分、できるつもりになって帰ってくる人も多いのが現状です。彼らは会話もできるし、流暢《りゅうちょう》に聞こえはしますが、仕事につながるようなきちんとした英語にはなっていません。その点、高村さんはレジメもきちんと書かれていますし、真面目にお勉強されていたのがよくわかります」

「ありがとうございます」

鈴木さんの言葉がうれしかった。

実際、語学学校では、真面目に英語の勉強に取り組む人が多かったとは言い難い。たくさんの誘惑もあるし、日本にはないおおらかな自由がある。

　その中で勉強をいちばんに考え、取り組むことは、容易ではない。

　それをわかってくれる人がいた。

　そう思ったその瞬間、鈴木さんから笑顔が消えた。

「だからこそ、きちんとお伝えしたほうがいいと思うのですが……高村さん、外資系企業では、語学留学は留学とは言いません」

「え？」

　一瞬、何を言われたかわからずに、私はぽかんと鈴木さんを見つめた。

「……あの、でも、語学留学って言いますよね？　パンフレットにもちゃんと留学って書いてあるし、それに私が通っていたのは、大学に併設された語学学校でした」

「わかっています。ただ、実際に外資系企業で留学と言った場合、少なくとも大学、もしくは大学院で単位を取得した、あるいは卒業したことを指します。英語を勉強しに行ったことを留学とは言いません。よくて遊学、悪くて遊びの延長とみなします。率直にお伝えしますが、語学留学をアピールする人を、あえて採用から外すというところも少なくありません」

　何を言われているのか理解できなかった。

　外国に勉強しに行ったことを留学と言わないで、なんと言うのだろう。

「お仕事をご紹介するうえで、知っておいていただいたほうがいいと思って正直にお伝えしました。当然ですが、アメリカの大学を卒業するためには、ネイティブと肩を並べて勉強し、英語で授業を受けて論文なども書きます。そういう人たちと、英語を勉強しに行った人とでは比較にすらなりません。英語を使ってする仕事であればあるほど、英語力が高いのは最低条件となります。語学留学したというレベルは、英語を勉強している段階だということですから、外資系企業が求める英語のレベルには達していないということになります。なので、語学留学をアピールすることは、外資系企業への就職にはマイナスにしかなりません」

ざぁっと血の気が引いた。

だから、エントリーした会社のどこからも、良い返事をもらえなかったんだ。面接までいかなかったのも、それが理由だったに違いない。

「もったいないと思いました」

その言葉にうつむいていた顔を上げると、鈴木さんが厳しい表情で私を見ていた。

「高村さんのレジメを拝見して、真面目な方だと思いました。渡米して、一年きちんと勉強されていたのは、ＴＯＥＩＣのスコアやレジメの書き方を見ればわかります。でも、アプローチの仕方を間違っていました。外資系で働きたいという、はっきりとした目的をお持ちだったのがわかったので、だとしたら、きちんとお伝えしたほうがいい、その上でお仕事について考えてみることをお勧めしたいと思ったんです」

「でも、語学留学は認められないんですよね？　だめってことなんですよね？」

声が震える。

すべてを捨てる覚悟で渡米を決意したことも、貯めたお金をすべてつぎこんだことも、がんばって勉強したことも、意味も価値もないなんて。

語学留学したことがマイナスにしかならないなんて。

あまりのことに、込み上げてくる涙を抑えられなかった。

「だめというわけではありません。一年の語学留学は無駄だったという意味で、言ったのではありません」

鈴木さんが力をこめて言った。

「ご自身ではわかっておられないかもしれませんが、高村さんのレジメで一番重要なのは、大手日本企業で長くきちんとお仕事されていたということです」

「でも、前の会社では英語なんて使っていませんし、英語に関わるような仕事もしていません」

思わずそう言うと、鈴木さんはしっかりと私を見据えて言った。

「外資系企業といっても日本で仕事をします。当然、取引先の多くは日本企業ですし、日本人が相手となります。ですから、日本におけるビジネスに必要な知識や情報をきちんと理解していて、ビジネスマナーを身に付けていること、仕事の基本ができていることが、実はとても重要なんです」

「そんなことは、できて当たり前のことなんじゃないんですか?」

「それは、高村さんがきちんと社会常識やビジネスマナーを身に付けておられるから言えることです。残念ながら、そうじゃない人もいます。とくに外資系企業には多く見られます。会社という組織でどう働くかということ、日本でのビジネスにおける考え方や意味、対応や対処の仕方、人との関わり方はとても大事です。面接でそれを重要視する会社も、増えています」

だったらなぜ、外資系企業の募集には、必要な英語のレベルや求められるＴＯＥＩＣのスコアが書かれているのだろう。ビジネスマナーや社会常識がきちんとしている人、なんて書かれた募集記事は見たことがない。

困惑する私を前に、鈴木さんは再び、レジメを手に取った。

「高村さんのご経験や職歴について、確認させていただきたいのですが、よろしいですか？」

力なくうなずいた私に、鈴木さんはペンを片手に質問を始めた。

「ＷｏｒｄやＥｘｃｅｌは、どのくらいのレベルでお使いでしたか？　関数やピボット、ＶＬＯＯＫＵＰはできますか？　マクロを使ったご経験はありますか？」

一瞬、何を言われてるかわからなくて、きょとんとした。

すぐにＥｘｃｅｌの機能についてだと気がついたが、実際に使ったことはほとんどない。関数やピボットテーブルがどんなものかくらいは知っていたけれど、ＶＬＯＯＫＵＰについては、どういうものなのか、具体的には知らなかった。

「……すみません、あの、ないと思います。今までいたところでは、決まったフォーマットがあって、それに入力したり、集計したりする程度だったので……」

言葉を濁した私を鈴木さんは気にする様子もなく、「謝る必要はありません。お仕事をご紹介する上で、できることとできないことをはっきりさせておく必要があるだけですから」と言った。

一瞬ほっとしたが、その後続いた質問は、私を粉々に打ち砕いた。

「パワーポイントはどのくらいできますか？　プレゼンテーション資料作成のご経験はありますか？　グラフの挿入やアニメーションはどうですか？」

「Ｏｕｔｌｏｏｋはどのくらい使えます？　会議セッティングやスケジュール管理のご経験は？」

「Ａｃｃｅｓｓを使ったことはありますか？」

「接待のセッティングのご経験はありますか？　海外出張の手配はされたことがありますか？」

「契約書についての知識はいかがでしょう？　法務書類を扱ったご経験はありますか？　種類や押印についてはご存知ですか？」

「カンファレンスコールのやり方はご存知ですか？　設定や、機械の扱いなどはどのくらいご存知ですか？」

「フォーマルな書類の作成経験はおありになりますか？　日本語と英語での作成はできますか？」

「経費精算はなさったことありますか？　経理関係のお仕事は、どのくらいご経験ありますか？」

身体の奥底から不安とあせりが黒い渦になってあふれ出して、あっという間に私を包みこんだ。

汗ばむ額を拭《ぬぐ》うこともできないまま、身体は冷えて固まる。

長谷川電気工業にいた時は、上司から仕事ぶりを褒められることもあったし、後輩に仕事を教えたりもしていた。自分が特別仕事ができるとは思ったことはないけれど、人並み以上のことはできていると思っていた。

とんでもない。

鈴木さんの問いに、「できます」と答えられるものは、ほとんどなかった。

つまりそれは、外資系企業が求めるスキルや経験がないということになる。

つきつけられた現実に、呆然《ぼうぜん》とした。

英語だけじゃない。

多くのスキルや経験が、高いレベルで要求されるんだ。

そういうことができて当たり前の世界ってことなんだ。

そう思った瞬間、目の前が真っ暗になった。

自分の中で燦然《さんぜん》と輝いていたアメリカでの一年がいっきに霞《かす》み、高揚していた気分はきれいに消え去った。

突き付けられた現実にどうしていいかわからないでいる私の耳に、鈴木さんの軽やかな声が響いた。

「高村さんは、派遣でのお仕事について、お考えになったことはありますか？」

「……派遣、ですか？」

「現時点での高村さんのスキルや経験では、外資系企業での正社員のポジションを求めるのは、はっきりいって難しいと思います。まず、派遣のポジションでお仕事を始めて、少しずついろいろなことを身につけて、そこからステップアップしていかれるのはどうでしょう？」

思ってもみなかった提案に戸惑う私に、鈴木さんはにっこりと微笑んだ。

「私どもは、派遣社員のご紹介も正社員とあわせて行っています。私の所属部門は、事務職や経理のお仕事の紹介を行っていて、その中には派遣のポジションもあります」

「すみません、私、派遣社員で働いたことがないので、正社員とどう違うのか、よくわかりません……」

正直に言うと、鈴木さんが、持っていた黒い革のファイルケースからカタログを出して私の前に開いた。

「派遣社員の場合、雇用は就労先の会社ではなく、ゴードン・ジャパンと高村さんの契約になります。お給料は時給制になり、額は仕事内容や会社によって違ってきます。交通費は基本出ませんが、長期での契約の場合は社会保険が適用されます。仕事内容については、正社員の人たちとの差はほとんどありませんし、所属した部門の上長の指示に従ってお仕事していただく形になりますが、何かあった時や困ったことは、私どもに相談いただければ、私たちが会社と高村さんの間に立って、対応することになります。社員とは違うので、契約にないお仕事を受ける必要はありません」

鈴木さんの言うことが事実なら、今の私では、外資系企業で正社員のポジションで仕事を得るのは難しい。

派遣社員でなら、外資系企業で働くチャンスがある。選択肢はひとつしかなかった。

「お願いします」

頭を下げた私に、鈴木さんが少しほっとしたような笑みを浮かべ、開いていた黒のファイルケースをぱたんと閉じた。

「では最後になりますが、高村さんの英語のレベルを知りたいので、今から英語で質問しますが、よろしいですか？」

英語のチェックはネイティブの人がやるものだとばかり思っていた。

日本人の鈴木さんが英語のレベルチェックを行うと聞いて、一瞬力が抜けた私は、鈴木さんが口を開いた瞬間、何が起きたのか理解できず、呆然とした。

鈴木さんの英語は、完全にネイティブだった。

流暢《りゅうちょう》とかそんなレベルを遥《はる》かに超えた、アメリカ人がしゃべるアメリカ人の英語。

発音も、しゃべり方も、何もかもが、アメリカ人の英語だった。

「……す、すみません、もう一度、言っていただけますか？」

なんとか英語で返した私に、鈴木さんは笑顔でもう一度、今度はゆっくりと、わかりやすい単語を使って言い直した。

「外資系企業で働くにあたり、今まで自分が身につけたスキルや経験の中で、何がいちばん活《い》きるとお考えですか？」

同じ英語でも、次元がまったく違う。

その後、何をどう答えたのか、まったく憶《おぼ》えていない。

必死に言葉を探してなんとか答えたけれど、英語で答えるのにいっぱいいっぱいで、何をどう話していたのかもわからなくなっていた。

いやな汗が全身から吹き出して、身体中をねっとりと覆いつくした。

「ありがとうございます。質問は以上です」と鈴木さんが日本語で言った瞬間、張りつめていた緊張がいっきに解けて、思わず深く息をつく。

「今日はありがとうございました。高村さんのプロフィールは、チーム全員でシェアさせていただきますね。ご紹介できる案件が出てきたら、すぐにご連絡します。何かご質問はありますか？」

そう言った鈴木さんに、私は絞り出すような声で、「鈴木さんは、どこで英語の勉強をされたのですか？」と尋ねた。

今していい質問じゃない。

でも、日本人の鈴木さんが、どうしてあんなネイティブのような英語をしゃべることができるのか、どうしても知りたかった。

一瞬きょとんとした顔をした鈴木さんは、すぐに笑顔に戻って言った。

「父の仕事の都合で、高校からアメリカにいました。そこで大学卒業してそのまま五年シカゴで働いて、それから日本に戻りました」

エレベーターホールで鈴木さんは、丁寧に頭を下げて私を見送ってくれた。

その姿がエレベーターの扉の向こうに消えた瞬間、がっくりとその場に座り込みそうになる。

自分の中で輝いていた語学留学という言葉が、充実していたはずのアメリカでの思い出が、英語ができるという自信が、きれいさっぱり消えていた。

それにかわって、不安と恐怖の黒い渦が大きくなっていく。

何も知らずに浮かれて自信満々だった自分を思い出すと、全身から火が出そうなくらい恥ずかしかった。

私、だめだ。

そう思ってうつむいた瞬間、目頭が熱くなり、涙が吹きだした。

今日あったことを全部、黒く塗りつぶしてしまいたい。

全部なかったことにしてしまいたい。

頬をつたった涙が床に落ちた時、エレベーターが止まり、静かに扉が開いた。

「だからって、そこで挫折《ざせつ》してる場合かよって思うんだけど」

リビングのテーブルでネイルを塗りながら、トモが言った。

「そうだけど、普通、折れるでしょ？　心がぽっきり折れるでしょ？　あれで折れないって、どんだけ鋼のハートよ？」

私は思わず声を荒げる。

鈴木さんとの面談ですっかり落ち込んだ私は帰宅した後、そのままリビングのソファによりかかって、日が暮れるのも気づかずにひとりで泣いていた。

帰ってきたトモが明かりを点けて、私の姿に気が付いて驚いて悲鳴を上げ、「なんかおかしなものが出たかと思った」と言ったことで、さらに落ち込んだ。

私は大学からの友達のトモと同居している。

アメリカから戻ってきて、最初に問題だったのは住む場所だった。

とりあえず実家に戻ってはみたけれど、アメリカ行きを大反対していた両親とは気まずかったし、そのまま実家に居座るのは憚《はばか》られた。

どうしようかと悩んでいたところに、トモが「だったらうちに来れば？」と声をかけてくれた。

トモはプロのダンサーで、今は、テレビにもよく出てくる人気アーティストのバックで踊っている。

「ツァーとかあると、長いこと家空けるし、不用心だからどうしようって思ってたんだ。貴美がいっしょに住んでくれたら安心だし、部屋も小さい方でよければ空いてるから」

トモの住むマンションは、八畳のリビングに六畳と四畳半のベッドルームがある。

その、空いているという窓のない四畳半に、私はスーツケースひとつで住み着いた。

都心のマンションの家賃を折半する能力は、貯金を使い果たした無職の私にはない。

でも、居候する気はなかった。少しでも払うと言うと、トモは「じゃ、とりあえず光熱費込みで三万払ってくれればいいよ。仕事が安定したら、その時また考えるってことにすればいいでしょ」と言ってくれた。

アメリカに行く時、持ち物のほとんどを処分していたし、アメリカでもスーツケースひとつで一年生活した。

トモは私の荷物の少なさに驚いていたけれど、今の私にはそれで充分だった。だから、部屋にはベッドとスーツケースしかない。

「まぁね、留学と思ってたのを一蹴《いっしゅう》されたばかりか、自信満々だった英語もだめだったとなれば、そりゃ落ち込む気持ちもわかるけどさ」

ネイルに集中しているトモは、私の顔も見ずにしらーっとそんなことを言う。

付き合いが長いからトモの辛辣《しんらつ》さには慣れているつもりだけれど、さすがに今日のは堪《こた》えた。

「落ち込むとか、そんなレベルじゃないよ。私が一年アメリカ行って英語勉強したことが、意味ないってわかったんだよ？　考えが甘かったかもしれないけど、でも、会社辞めて、貯金使い果たして、一年アメリカで必死に勉強したことが無駄だったたって、そんなこと言われて、もう粉々だよ……どうすればいいのか、わかんないよ……」

「誰も意味ないなんて、言ってないんじゃん。貴美、本当に自分で全部無駄だったとか、思ってんの？」

トモが、ネイルの出来を見ながら、冷たく言い放つ。

「その鈴木さんって人、派遣で仕事紹介してくれるって言ったんでしょ？　もったいないって言ってくれたんでしょ？　なのにあんた、それを自分から否定すんの？」

う……と、私は黙り込む。

「だいたいさぁ、アメリカ行くのだって、自分で行きたいから行ったんでしょ？　アメリカの大卒じゃないと留学じゃないなんて、そりゃ普通は知らないけどさ、でも、勉強したから、今の貴美、英語しゃべれるようになったし、その鈴木さんとかいう人とも面談できたんじゃないの？」

そうだけど……と、私はまた、返す言葉に詰まる。

鈴木さんとの面談を思い出すと、身体がぎしぎしと音を立て、心がきりきりと痛んだ。

「私とか私の仲間とかさぁ、たくさんオーディション受けて、ありえないほど落ちてるわけよ。そこで落ち込んで止めたりしたら、それこそダンスやっていくことなんて、できないわけでさ。自分から、がんがんチャンス摑《つか》みに行くしかないわけ」

トモの生きてる世界の厳しさは、ずっとトモから聞いていた。

実力主義という言い方もできるけれど、雇う側のアーティストや舞台の種類や好みによる部分も大きい。今でこそ、大物アーティストのダンスチームのメンバーとして安定した仕事を得ているトモだけれど、そこに至るまでには厳しい時もあったのを知っていた。

「トモはさ、オーディション落ちまくった時とか、どういうふうに考えたの?」

「そりゃもう、死ぬほどきついけど、ここで止めたら私、もう踊れなくなるって、それだけよ」

トモが言った。

「それでもいいの? それでいいの? って、いつも自分に尋ねてた。踊りたいのなら、あきらめずにやるしかない。チャンスを掴みに行くしかないわけ」

うん……そうだよね……とつぶやきながら、考えてみる。

英語を使わない日本企業に転職することもできるし、もしかしたら、その方が楽かもしれない。

でもそうしたら、ずっとあこがれていた〝英語を使って外資系企業で仕事をする〟という夢を、自分から捨てることになる。

一年、アメリカでがんばって勉強したことを、自分から意味のないものにすることになる。

頭を抱えて呻《うめ》いた私を、トモがちらりと見た。

「あんたさぁ、いきなり会社辞めて有り金全部持ってアメリカ行くとかすごいことやったわりに、妙なところで打たれ弱いよね」

「人のことだと思って、簡単に言わないでよ！」

思わず声を大きくした私に、トモは頓着《とんちゃく》せず、さらりと言ってのけた。

「貴美、もうお金稼がないと後先ないでしょ？　だったら、そこらでバイトするよりかは、鈴木さんって人のところの紹介で派遣で仕事やったほうが、よっぽど収入よくない？　しかもそれが、あんたが仕事したかった外資系企業なら、へこたれる理由ないじゃん」

あまりにも正しいトモの言葉に、私はソファに寄り掛かってクッションを抱きしめる。

トモの言う通り、落ち込んだり、迷ったりしてる余裕なんて、もう私にはない。

できるだけ早く仕事を見つけて、収入を得る必要がある。

トモの言う通りだ。

ここで足を止めたら、すべてが終わる。

進まなければだめだ。

へこたれている場合じゃない。

私には、選択肢は他にはないんだから。

「ううう〜〜」

気持ちよい音をたてて缶ビールを開けたトモの横で、私は思いっきり背筋を伸ばした。

一週間後、ゴードン・ジャパンのフランク・ペイジという人から、『ご紹介したい案件があります』というメールがはいった。

日比谷《ひびや》にあるアメリカの機械機器製造メーカーでの募集案件だった。『オフィス閉鎖に伴う、サポートの仕事になります。出向オフィスのため、仕事は秘書の方とふたりで行います。英語の使用はほとんどありません』

鈴木さんとの面談の後、仕事の紹介があるのだろうかという不安が、寄せては返す毎日だった。

でも、鈴木さんが言ったとおり、紹介はきた。

以前の私ならこの仕事の案件は断っていただろう。

英語も使わない秘書のアシスタントの仕事なんて、興味も示さなかったに違いない。

でも今は、どんな仕事が来ても受けると決めていた。

フランクさんに話を進めてほしいと返信したその日の夕方、『先方からお目にかかりたいと連絡がありました。顔合わせに都合の良い日をお知らせください』と再びメールがはいった。

そしてその日の夜、私の最初の顔合わせの日程が決まった。

顔合わせには、エージェントの担当者も同席するのが決まりだということで、私はフランクさんと初めて会うことになった。

待ち合わせ場所で、背の高い巻き毛の男性が、ソファに座って私を待っていた。

「本来いるはずのダイレクター（部長）は急きょ帰国されてしまったので、オフィスは秘書の方とふたりきりで、その秘書の方の指示に従って、お仕事していただくことになります。秘書は水野《みずの》さんという方で、さっぱりとした良い方ですよ。トランスバイルの会社のホームページは、見ていただいてますか？」

私は大きくうなずいた。

トランスバイル社は、食品加工機械の製造販売をしていて、本社はフィラデルフィアにあり、日本のオフィスは田町《たまち》にある。日本でビジネスを始めてから三十五年と、けっこう長い。

「こちらにある豊津《とよつ》食品とのビジネスに特化した出向オフィスなので、英語はほとんど使わないと思いますが、アメリカ本社からたまに電話やメールがあるかもしれませんね」

思わず「私、英語あまり自信なくて……」と言うと、フランクさんがきょとんとした顔をして私を見た。

「高村さん、今、僕と英語で話しているじゃないですか。僕とのメールも英語だったし。何言ってるんですか」

そう言ってフランクさんが笑った。

鈴木さんとの面談の話、聞いていないのかなぁと思っていると、フランクさんが立ち上がった。

「さぁ、時間です。行きましょう。リラックスして、がんばってください」

「お待たせしました」

そう言って受付に出てきた水野さんは、ショートヘアに白いシャツ、ゆったりとした花柄のワイドパンツを穿《は》いた、さばけた雰囲気の女性だった。

水野さんの後について中にはいると、そこには見慣れた日本の会社の風景が広がっていた。

窓に背を向けて座る管理職の人、その前に置かれたデスクの島。背広の男性が電話する前で、制服の女性がPCのキィボードを叩《たた》いている。

その横を通り抜けると、水野さんはさらに奥まった場所にある部屋に向かい、その扉を開く。

扉の中は、こぢんまりとした小さなオフィスだった。

二面に窓があり、片方の窓際に大きなデスクと革張りのイス、扉の脇に水野さんのものと思われるデスクが置かれ、その間に会議用のテーブルとイスが配置されている。

ゴードン・ジャパンのような洗練された雰囲気とは違って、殺風景なオフィスだ。

部屋の隅には、申し訳程度に観葉植物が置かれている。

会議用のテーブルに座ると、挨拶《あいさつ》も早々に水野さんが言った。

「先にお話ししたほうがいいと思うのですが、トランスバイルは中国のガウ・ソンという会社に買収されて、このオフィスも閉鎖が決まっています。なので、お願いする仕事は、整理や片付けがメインになります。あとは、私の仕事を少しお手伝いいただくことになりますが、大丈夫ですか？」

「はい。問題ありません」

「高村さんは、外資系企業での仕事は初めてなので不慣れなこともあるかと思いますが、前職は長谷川電気工業という堅実な会社にお勤めですし、仕事経験も実績もあります。水野さんから指示をいただいて業務にあたるのは、高村さんにも良い形だと思います」

隣に座るフランクさんの口から出てきたのは、流暢《りゅうちょう》な日本語だった。

驚く私に、フランクさんがにやりと笑った。

「梱包《こんぽう》作業とかもありますけど、そういうのは嫌じゃないですか？」

慌ててフランクさんから視線を外した私は、正面に座る水野さんに向かって、「大丈夫です」と返事をした。

顔合わせは、三十分ほどで終わった。

一階のエントランスに戻ると、フランクさんが「どうでした？　もし、先方がＯＫだったらこの仕事、受けますか？」と尋ねてきた。

今度はなぜか英語だった。

「はい。ぜひ」

背の高いフランクさんを見上げながら、はっきりと答えた。

そしてその日の夕方、私の外資系企業での初めての仕事が決まった。

TRANSBILE
トランスバイル

作業が中心になるので、服装はカジュアルでかまわないと、初出勤の前に水野さんから連絡がはいっていた。

受付まで迎えにきてくれた水野さんが、「これがないとオフィス入れないので、必ず胸にかけておいてね」とIDカードを差し出す。

オフィスの中は、顔合わせにきた時と違って雑然としていた。

部屋の隅にはファイルが積んであり、梱包用の段ボールが束になって置かれている。

「この間もお伝えしたとおり、オフィス閉鎖の準備をしているので、高村さんのデスクはないの、ごめんなさいね。なので、このテーブルを使ってください」

言われたとおりに顔合わせの時に使った会議用テーブルに荷物を置いて座ると、水野さんがコーヒーをもってきてくれた。

「本当はここは、アメリカ人のダイレクターと私のふたりオフィスなんだけれど、買収が決まってオフィスが閉鎖されることになった時点で、彼、さっさと国に帰っちゃったの」

それがどういう意味だかわからず、怪訝《けげん》な表情を浮かべた私に、水野さんが面白そうにくすくすと笑った。

「つまり、ひとりだけケツまくって逃げちゃったってこと」

「そうなんですか！」

「そういうわけで、今、ここの責任者はセールスダイレクター（営業部長）の間島《まじま》さんなんだけど、彼はたまにしかこちらにはこられないので、残り三ヶ月、このオフィスは概《おお》ね《む》私と高村さんのふたりきりです」

水野さんが一枚の紙をテーブルに置いた。

そこには、仕事の内容とそれに伴う連絡先などが書かれていた。

「ここにジョブ・ディスクリプションをまとめました。主にやっていただくのは、このオフィスに保管されているファイルを田町の本社に送ること。不要な書類は溶解にまわすので、その手配。あと、さ来月、買収元のガウ・ソンのエグゼクティブがこちらの豊津食品に挨拶に来ることになっているので、そのセッティングがあります。これは私がやるけれど、高村さんにも少しお手伝いしていただくことになると思います。私が不在になる時は、お留守番もお願いします。高村さんのノートPCは、今日の午後届くことになってるので、メールもすぐに使えるようになります」

そして私はそのまま作業にはいった。

中国からガウ・ソンの人たちが来るまでには、段ボールはすべて片付けておかなければならない。壁一面に並んだ棚におさめられたファイルの数や積まれた書類の山から見ても、今から始めて間に合うかどうかという状況だった。

「来ていただいて早々、こんな力仕事させてごめんなさいね」

水野さんはそう言ってくれたけれど、何も考えずに没頭できる仕事は今の私にはありがたかった。

私が作業をしている横で、PCに向かう水野さんが、恐ろしいほどの早さでキイボードを叩く。

オフィスの中は、キイボードを叩く音と、私が作業する音だけが響いている。

燦々《さんさん》と陽の光が差し込むオフィスで、用意された書類に従って種類別にファイルを段ボールに詰め、それぞれの箱にラベルを貼っていく。

少し汗ばんできた頃、電話に出た水野さんが英語で話し始めた。

鈴木さんとは違ってネイティブのような流暢さはないが、英語を使うのに慣れているのがわかる。内容は、来日する中国からのお客様についての件だとわかった。

午後、予定通り、私のPCが届いた。

「間島さんのスケジュールを見られるようにしておきますね。豊津食品の方から依頼があった時は、間島さんと連絡を取ってスケジュールをいれてください。その際は、私にもシェアしてね」

「あの……すみません、どうやってそれをやればいいのかわからないので、教えていただけますか？」

そう言った私に、水野さんは少し驚いたような表情をうかべた。

「できません」「わかりません」と言うのは、とても勇気が必要だった。

けれど、水野さんはとくに気にした様子もなく、PCの画面を指差して言った。

「自分のスケジュールから予定を入るでしょ？　サブジェクトに、相手の社名と名前を入れておくとわかりやすいです。下の部分に詳細を記入。メールで依頼があった時はそのメールを、使う資料がある時はそれを添付しておくこと。それを間島さんにTOで、私をCCにいれて送付します」

私は急いでそれをノートに書き取る。

それを見ながら、水野さんが言った。

「高村さん、外資系で働くのは初めてって言ってましたもんね。大丈夫、わからないことは聞いてください。忙しいと私、つっけんどんになるかもしれないけれど、気にしないで」

それから毎日、書類の整理と段ボール詰めに明け暮れた。

ふと、なんでこんなことやってるんだろう？　と、やるせない気持ちになることもあったけれど、そのたびに鈴木さんとの面談を思い出した。

少し英語ができるようになったからといって、自信満々になっていた愚かな自分。

アメリカに一年いたことを、とてもすごいことだと信じきっていた自分。

思い出すと、恥ずかしさと悔しさで逃げ出したくなるけれど、そこから一歩踏み出すために今があると信じた。

書類を片付けていく中で、このオフィスの歴史もわかってきた。

トランスバイル社が豊津食品に自社製品を販売したのは三十二年前。

その後、製品のメンテナンスと合同開発のためにこのデリゲーションオフィスが設立され、たくさんのアメリカ人と秘書がここで仕事をしてきた。

最初の秘書は古館《ふるたち》さんという、その時代にはたぶんまだ珍しかっただろう帰国子女の人。

オフィス設立のための契約書や、当時の豊津の重役の人たちとの写真が、丁寧に一冊のファイルにおさめられていた。

昔の書類は黄ばんで、印字された文字がかすれてしまっているものもある。

アンディ・バルカンという人が赴任していた時、機械の不備で食品加工にトラブルが生じ、訴訟問題が起きていた。

その時秘書だった田島《たじま》さんは、アンディさんといっしょにトラブルの起きた山口の工場に何度も行って、弁護士事務所や裁判所への出頭にも同行している。

事故ファイルとしてまとめられた二冊のファイルには、英語のレポートのコピーとメールが大量にとじられていた。法律的なことについても、きちんと英訳されていて、田島さんの英語力の高さがうかがえる。

その他にも、大きなイベントやパーティなどで、当時赴任していた本国のマネージャーが笑顔で豊津食品の人たちと映っている写真もたくさんあった。

でも、そのどこにも秘書の人たちの姿はない。

不思議に思って水野さんに尋ねてみると、思わぬ答えが返ってきた。

「私も、私の前任の方もそうだったけれど、ここの仕事は地味だし、派手なパフォーマンスが好きな人が務まるようなポジションじゃないから、そういう写真に自分からしゃしゃり出るような人、いなかったんじゃないかな」

「パーティとかそういう時、いっしょに参加しないんですか？」

私の言葉に、水野さんが苦笑いした。

「そもそも秘書にはパーティの招待状なんて来ないし、自分のところで企画した時は、準備やら何やらで、裏でやらなければならないことがあるから。派手で目立つことが好きで、自分からそういう場所に出ていくような人もいるみたいだけど、基本、秘書の仕事って裏方だもの」

それは、思っていた秘書の姿とはまったく違っていた。

上司といっしょにパーティやレセプションに参加するものだと思い込んでいたけれど、よく考えれば、それは映画やドラマから作られたイメージで、実際の現場を知る機会は今までなかった。

このオフィスに並ぶファイルを見ていると、秘書の仕事は地味に実直に行われているのだとよくわかる。それはどれも、想像していた華やかさとは無縁だった。

翌日、代々本国のマネージャーが座っていたという大きい方のデスクの引き出しから、薄いファイルが出てきた。

『日本生活マニュアル』と英語で書かれたそれには、救急車や警察への連絡方法、英語対応ができる病院のリスト、冠婚葬祭でのマナーなどがまとめられ、銭湯や温泉の入り方の説明まで書かれていた。

書いた人が誰なのかは、わからない。

ページをめくっているうちに、一部紙が新しくなっていたり、フォントが違っていたりして、情報が常時アップデイトされていることに気がついた。

使い込まれたそのファイルを見れば、赴任してきたアメリカ人たちが、慣れない異国の生活の中で、どれだけ助けられたか想像できる。

残された書類やファイルはあっても、長い歴史を裏でずっと支えてきた人たちの痕跡《こんせき》はほとんどない。

最後の秘書、オフィスの歴史を閉じる役目を担った水野さんは、淡々と仕事をしていて、少なくとも私の目には、そこにノスタルジーや悲しみがあるとは感じられなかった。

私の中にあった〝外資系秘書〟の姿、その仕事の形が少しずつ変わっていく。

水野さんは常に冷静で、誰にでも同じ態度で、どんな時にも動揺することがない。

慣れない私がもたもたしても、かかってきた電話の相手が失礼なことを言っても、怒りを見せることはない。

私とも一定の距離を取っていて、たまに雑談することはあっても、個人的な事情に触れることはほとんどなかった。

　以前勤めていた会社とは、まったく違う。

給湯室で、休憩室で、ランチで集まって、時には仕事の合間にすら、女性同士でたわいのない会話やおしゃべりが交わされることは日常的にあった。仕事や会社の愚痴はもちろん、前の晩観たドラマや芸能人の話、恋人や家族のこと、プライベートなこともいろいろ話した。

　水野さんは基本、仕事の話しかしない。

　最初は何か、あまりにも素っ気ないような気がして、もっといろいろ話した方がいいんじゃないかと思ったりもしていたけれど、忙しい水野さんに声をかけるのも憚《はばか》られ、そうしているうちに私もその状態に慣れてしまった。

　そして、気が付いた。

　いろいろなことに気をまわさないでいる分、仕事に集中できるし、自分のペースも守れる。

　きちんとやるべきことをやり、仕事をする場所であることをわきまえていれば、余計なことを言われることもなく、無駄な気遣いも必要もない。

　昼休みも自由、時々休憩を取ってコンビニにコーヒーを買いに行くのも自由だった。

　最初にあった戸惑いは、いつの間にか心地よさに変わっていた。

　ほぼ毎日定時で帰る私とは違い、水野さんはたいてい残業している。

水野さんはそれを気にする様子もなく、笑顔で毎日「お疲れ様」と言ってくれた。

それぞれの立場や仕事にきっちり境界線があり、けじめがついている。

そういう中で日々が淡々と過ぎ、箱詰め作業が半分以上終わりかけた頃、水野さんから他の仕事も頼まれるようになった。

間島さんに連絡を取りたいという人の中継ぎ、田町にある本社オフィスとの連絡、豊津食品の人たちとの会議の設定など、オフィス閉鎖に伴う雑務で水野さんが席を外すことが増えたためだ。

アメリカからのメール、買収元のガウ・ソンからのメールも、簡単なことは私が対応することになった。

ささやかではあるけれど、英語で仕事をするという願いが叶《かな》うこととなった。

「お昼、いっしょにいかない？」

仕事が始まって三週間ほどたった頃、水野さんがランチに誘ってくれた。

気持ちのよい秋の風が吹く中、私は水野さんといっしょに、会社から少し離れた場所にある小さなイタリアンレストランに向かった。

それぞれがオーダーをすると、水野さんがあらたまったように言った。

「高村さん来てくれて、私とっても助かってる。書類の整理と段ボール詰めの仕事だから、なかなか人が決まらなくて困ってたんだ」

確かに、スキルも高く、英語も堪能《たんのう》で経験豊かな人だったら、もっと良い条件の仕事を選ぶだろう。

「それはわかるような気もしますが、でも私は、ここで仕事させてもらえて感謝してます。外資系企業で働くのは難しいかもしれないって、あきらめかけていたんで」

そう言うと、水野さんは「あら、どうして？」と不思議そうに首を傾げた。

「語学留学も外資系では評価されないって、ゴードン・ジャパンの面談で初めて知ったんです。アメリカから戻って仕事探し始めた時は、英語で仕事する、外資系企業で外国人付の秘書の仕事につくって、そっちばかり考えていたんですけど、鈴木さんとの面談で、現実知ったというか、無知だった自分を知った感じで……」

どう説明していいかわからず口ごもった私に、水野さんがにやりと笑った。

「そうなんだ。だったら高村さんラッキーよ。私、今までいろいろ面接してきて、そういうこと言った人たち、がんがん落としてたから」

「落としてた？」

隣のテーブルにいたビジネスマンふたりが、私の大声に驚いた様子でこちらを見た。

「うん、そういうこと言った人、きれいさっぱり全部、面接で落としてお帰りいただいてた」

もしかして自分のことを遠回しに皮肉られたかと思って、思わず「すみません」と言ったら、水野さんに「なんで高村さんが謝るの？　謝るところじゃないでしょ？」と笑われた。

「秘書の仕事がどういうものか、わかっている人はそんなこと言わないし、だいたいそういうことを言う人たちって、『英語使って仕事して、英語を上達させたい』とか言うのよね。お給料いただく身で、勉強したいからとか、ないでしょ？　会社は仕事してもらうために人探しているのに、そんなこと平気で言っちゃうような人、面談するにも値しないと思わない？」

さらりと水野さんは言ったが、水野さんが言ったのは、まさしくこの間までの私のことだ。

「そもそも仕事で使う英語って、今、日本語でやってる仕事を全部英語でできますか？　ってことで、外国人といっしょに仕事すれば英語上達するなんて、そんなレベルの話をされても困る。外国人と英語で仕事したいんですとか、面接で言うことじゃないしね」

水野さんの言葉が、ぐさぐさと心に刺さる。

「高村さん、ゴードン・ジャパンの人にお礼言わないとね。語学留学は留学じゃないってちゃんと教えてくれたから、高村さん、私との顔合わせの時にそういうこと、言わなかったじゃない？」

はっとした。

鈴木さんとの面談で粉々に打ち砕かれてしまっていたけれど、それが私に現実をつきつけ、教えてくれたことは確かだ。

「面談してくれたゴードン・ジャパンの人、もしかしたら、高村さんのこと、ちゃんとわかってくれたのかもしれない。だからはっきりと言ってくれたのかもしれないわよ」

そう言って、水野さんはコップの水を一口飲んだ。

「人間って、できなかったことができるようになると、うかれちゃうもので、英語なんてとくにそう。英会話学校行ってちょっとしゃべれるようになったり、外国に長期滞在して英語勉強した人とかは、盛大に勘違いしがちなんだよね。これでもう、ネイティブと同じように英語でがんがん仕事できる！　って思っちゃったりする。外国人と肩を並べて仕事できるって思っちゃう」

「すみません、なんか、ものすごく耳が痛いです」

思わずそう言うと、水野さんが声をたてて笑った。

「そんな顔しなくていいのよ。高村さん、自分でそこから一歩踏み出したから、今ここにいるんでしょ？」

そこでお皿が運ばれてきた。

水野さんの前には、ぐつぐつとまだ音をたてているラザニア、私の前には、ガーリックのにおいが濃厚なイタリアンサラミのパスタが置かれる。

「水野さんは、どこのアメリカの大学を出られたんですか？」

「出てないわよ」

「出てないんですか⁉」

私の大声に、また、隣のビジネスマンたちが私を見た。

今度はふたりとも、ちょっと笑っていた。

「日本の大学卒業よ。そもそも私、外国に住んだことなんてないし」

また声を出しそうになったのを、あわてて呑《の》み込む。

アメリカの大学も出ていない、外国で暮らしたこともないって言うけれど、水野さんは流暢《りゅうちょう》に英語を使い、仕事もしている。

「どこで英語、勉強したんですか？」

そう聞くと、「日本でだけど」と、なんでもないことのように答えが返ってきた。

「個人レッスン受けたり英語学校行ったりもしたけど、私の場合はやむにやまれず実践でやってる派で、そこらのおじさんたちと同じ、仕事のために英語覚えたって感じ」

水野さんはあっさりと言うけれど、そんなに簡単なことじゃないのは、一年アメリカで勉強したからわかる。

「私ね、就職浪人になりかかってあわててたら、その時バイトしていた所のご縁で、日本にこれからオフィス立ち上げるってアメリカの会社に入社したの。アメリカ人と日本人の男性と、週に二日だけくる経理関係の女性がいるだけで、六本木にある、ものすごい豪華なレンタルオフィスに部屋借りててね。当時は私、英語なんてほとんどできなかった」

水野さんはラザニアを頬張りながら「その時いちばん困ったこと、なんだったと思う？」と私に尋ねた。

アメリカの会社に入り、アメリカ人と仕事をするからには、英語ができなければ仕事にならないし、コミュニケーションも取れない。

「英語ができないことですよね？」と言うと、水野さんは「違うんだなぁ」と意味深長に笑った。

「社会常識とか、会社という組織の中で働くのに、知っていて当たり前、できて当然のこと、私がほとんど知らなかったってところよ」

具体的にどういうことかわからず考え込んだ私に、水野さんは「例えば、来客の対応とかお茶の入れ方とか、ビジネスレターの定型にどういうものがあるかとか、電話応対の仕方とか、契約書の扱い方とか、そんな普通に当たり前のことよ」と説明した。

「高村さん、新卒で入った日本の会社で、新人研修あったでしょ？」

「ありましたけど、そんなすごいことやってませんよ？」

そう言うと、水野さんは首を横に振る。

「そう思うかもしれないけど、上長や先輩とのかかわり方とか、顧客への対応の仕方とか、来客の応対とか、新人の頃って、知ってて当たり前のこと、意外にわかってないものなのよね。きちんとした会社にいると、同僚や先輩や上司を見ていて覚えることも多いし、教えてもらえるけれど、私、それこそひとりだったから、いろいろやらかしたし、いっぱい迷惑もかけちゃった」

「でも、それは特殊な例だと思います。外資系企業で働く人は中途採用が多いって聞くし、たいていは働いた経験がありますよね？　だったら、やっぱり大事なのは、英語力なんじゃないですか？」

するると水野さんは、「経験があるからって、ちゃんとわかってるとか、理解してるわけじゃないし、外資系企業ってところで勘違いする人も多いから」と言った。

「日本で仕事するなら、日本のビジネスの在り方とかやり方とか、基本的に知っていないと困るし、会社の組織とか理解していないと仕事にならないでしょ。ビジネスマナーだって、日本のものが身に付いていて、初めて外国のものも理解できるようになるのよね」

そう言って水野さんは、ラザニアの最後の切れ端を口に運ぶ。

「英語は日本人にとってまだまだ苦手意識が大きいから、できるようになると勘違いする人も多いけど、もっと大事なことがたくさんある。英語はできるけど、常識やマナーがてんでなってないって人もいるし、英語はあまり上手《うま》くないけれど、仕事ですばらしい結果を出しているって人もいる。英語って、外資系で働くためには最低限必要なスキルだから、できて当たり前になるけれど、仕事上では特別なスキルにはならないの。できないと仕事にならないから。それにね、外資系企業は日本企業では働くことができない、個性的な人が多いのも事実。びっくりするような規格外の人もたくさんいる」

水野さんはとても大事なことを言っていると思った。

でも私には、それが具体的にどういうことなのか想像もつかない。

「うちのオフィスは出向オフィスで、ふたりっきりっていう特殊な環境だから、他とは比較にもならないけど、ここでいろいろ覚えていくといいと思うよ。私も高村さんがいろいろ覚えてくれれば、助かるから」

運ばれてきたアイスコーヒーを飲む水野さんを見ながら、最初に仕事をする外資系企業がトランスパイルでよかったと思った。

私は水野さんに頭を下げ、「こちらこそ、よろしくお願いします。短い間ですけど、がんばります」と言った。

「うん、こちらこそ、よろしくね」

水野さんもぺこりと私に頭を下げた。

キャッチアップ（近況報告）しましょう、とフランクさんからメールが来て、ランチをいっしょにとることになった。

指定されたのは和食の店で、ランチでも二千円以上するところだ。

知ってはいたけれど、ランチにしてはあまりに高すぎるので行ったことはなかった。

派遣社員に交通費は出ないし、私の仕事の内容では時給はまだ低い。贅沢《ぜいたく》はできないから、普段はお弁当を作るか、コンビニで買うかで、ほとんど外食はしていない。

フランクさんにそれを伝えると、『もちろん、こちらがお支払いしますから、値段のことは気にしないでください』とメールがきた。

「仕事はどうですか？　困ることはありませんか？」

テーブルに置かれた〝本日の和懐石〟を前にフランクさんがぱちんと割りばしを割った。

「書類の整理と梱包《こんぽう》がメインですけれど、最近は水野さんからいろいろ教えていただきながら、少しずつ他の仕事もするようになっています」

「それはよかった」とフランクさんが微笑む。

「水野さんは良い方ですし、高村さんもいろいろ勉強になりますね」

そして、フランクさんはさらに仕事の内容や会社の状況を聞いてきた。

私は正直にすべてを話し、問題もなく、気持ちよく働いていることを報告する。

「良い状況で仕事できているようですね。安心しました。鈴木も喜ぶと思います」

鈴木さんがですか？と尋ねると、フランクさんが「鈴木は、高村さんのこと、とても気にかけていますから」と教えてくれた。

「私、鈴木さんとの面談、ひどかったので、そんなふうに思っていただけるのは意外です」

「ひどかったって、どんなふうにひどかったんですか？」

「英語も全然だめだったし、スキルも全然足りなかったので」

「まぁ、そこは重要なところではありますね。鈴木が言ってたことをすべて高いレベルでできれば、それにあった仕事を紹介できるし、可能性も広がります」

私は思わずフランクさんから視線をそらして、目の前のだし巻き卵を見つめる。

「まぁ、そう気を落とさずに。僕らは本当にたくさんの人たちを見ていますからね」

その言葉に視線を上げると、フランクさんがお茶を飲みながら言った。

「いろいろな人がいます。性格は良いけれど、要領が悪い人もいるし、人としてものすごく嫌なやつだけど、仕事は滅茶苦茶《めちゃくちゃ》できるって人もいる。高い能力を持っていても、使いこなせていない人もいるし、逆にできることは少ないけれど、それを駆使して有能な人もいる。人を見る時って、形はひとつじゃないんです。わかりやすいものだけがスキルじゃない。それを見つけるのが、僕らの仕事です」

私より頭ひとつ高いところにあるフランクさんの巻き毛が、ライトに照らされて輝いている。

「僕たちの仕事は、人を扱う仕事です。もっとわかりやすく言えば、人を商品化して企業に提供する仕事です。僕は高村さんをトランスバイルに売り込むことに成功した。トランスバイルは今のところ、高村さんの働きに満足してる。つまり、高村さんは、商品価値があるってことなんですよ。どうです？」

商品という単語で表現されたことに面食らっていると、フランクさんは、「企業側からも好評価で連絡が来ています」と続けた。

「トランスバイルからは、このままオフィスクローズまで継続でという話が来ています。だから、がんばってください」

光が射した。

そんな気がした。

最初の契約は一ヶ月。特に問題なければ、そのまま三ヶ月まで延びるという話で、本当のところ、今の今まで、最後までこの仕事を続けることができるかどうか不安だった。

「良いスタートになってよかったですね。何事も最初は肝心です」

フランクさんが右手を差し出した。

私はお皿越しにその手を握る。

「何かあったら、いつでも連絡ください。相談でもいいです。僕たちの仕事は、高村さんがハッピーに仕事できるようにすることですから」

微笑むフランクさんの巻き毛がまた、天井のライトに照らされてきらきらと輝いている。

私の目には、それが天使のそれのように映った。

その日の朝、水野さんから事故で電車が止まったので出社が遅れるとメールがはいった。

スペアキィを出しながらオフィスに向かうと、扉が開いているのに気づく。

誰かいる？

おそるおそる部屋を覗《のぞ》くと、段ボールに囲まれた奥のデスクに、冴《さ》えない感じの年配の男性が座っている。

　知らない人……そう思った瞬間、男の人が私に気が付いて顔を上げた。

　無言のまま互いの顔を見合った後、「ああ！　高村さん！　高村さんですよね」と、その男の人が立ち上がった。

　間島さんだった。

　間島さんはころんと丸くて、つるんと頭のてっぺんが禿《は》げた、朝、電車で普通に見かけるような雰囲気の人で、外資系企業のディレクターという感じはまったくない。

　立ち上がった間島さんはころころと転がるようにやってきて、「いつもスケジュール調整ありがとうね、助かってます」と軽く頭を下げたので、私も慌てて頭を下げる。

「いえ、そんな。こちらこそすみません。はじめまして、高村です」

「大変でしょ？　ここ、本当に書類多いからねぇ」

　そう言って、間島さんは私が積み上げた段ボールの山を指した。

「今日、水野さんは？」という間島さんに事情を話すと、「今日、こっち来るのは突然で、水野さん知らないからさ。僕、ちょっと待たせてもらうね」と言ってイスに座った。

「コーヒーいれますか？」と尋ねると、「ああ、気にしないで」と言ったまま、間島さんはぱたぱたとPCのキィボードを打ちだした。

　それから三十分ほどして、水野さんが出社した。

「間島さん、いらしていたんですか。あれ？　そういう予定でしたっけ？」と驚く水野さんに、間島さんが「なかなかこっち来られないから、来られるときに来て、いろいろ確認したりとかしようと思ってねぇ」と返しながら会議テーブルに着いた。

「あのね、さ来週来日するガウ・ソンの人たちに、うちの社長が同行するってことになってさ。豊津の社長とも会いたいって話になったんで、日程は僕のほうで調整したんだけど」

それから間島さんはテーブルに書類を並べて、「高村さんもこっちきて座って」と手招きした。

「これ、おおまかな日程と来日者の名前のリストね。ガウ・ソンの人たちのサポートと豊津との調整、お願いしたいんだけどいいかな」

「もちろんです」と水野さんが書類を見ながら答える。

「リージョナルダイレクター（地域統括部長）のツァイさんの秘書の人とは、もう何度か連絡取ってるので、大丈夫です」

「レイチェルね。彼女、優秀だよね。アメリカの大学出てるから、いろいろ事情もよくわかってるし」

「豊津の太田垣《おおたがき》社長の秘書の米川さんは、確か今、産休だよね」

「そうです。今、川上《かわかみ》取締役の秘書だった松木《まつき》さんが代理で対応にあたってます」

「じゃ、松木さんとの連絡、お願いします。ツァイさんたちがこっちに来るのはこの日ね。ホテルや車は、こっちの社長秘書の千田《せんだ》さんが全部手配してくれてるので、水野さんにお願いしたいのは、当日のツァイさんたちのサポートと、夜、豊津さんたちとの会食の手配。豊津の人たちと相談して調整してほしいんだ。一応今回は、こちらが手配することになってるんで」

「どうします？　櫂山《かいざん》はエディがよく使ってましたが、ちょっと高すぎますよね。太田垣社長、今、食事制限があるので、和食のほうがいいとは思いますが」

「そうだねぇ、六本木の泰秀《やすひで》か、麻布《あざぶ》の杜海《とかい》あたりかねぇ。松木さんにそのあたり、聞いておいて。あとは水野さんのほうで決めてくれていいから」

間島さんと水野さんの会話は、すっきりとシンプルで、要点をきっちり押さえている。上司と部下なのに、会話そのものは対等で、それぞれ自分が何をすべきかきちんとわかっていて、無駄がない。

感心しながら耳を傾けていた私に、突然、間島さんが言った。

「高村さんにも手伝ってほしいので、よろしくね」

「はい」と返事はしてみたものの戸惑っていると、私の不安な気持ちに気づいたのか、水野さんが「私からお願いすることになるから、心配しなくても大丈夫よ」とフォローしてくれた。

初めて、重要な仕事が与えられた。

「関連のメールは高村さんにもCCいれますから、読んでおいてください。いろいろお願いすることになると思うので、情報はシェアしますね」

水野さんはこの件が終わるまで、直通の電話以外は取らないということになった。よって、オフィスの代表にかかってきた電話は私が取ることになる。

田町にある本社の社長秘書の千田さんとも、電話やメールをするようになった。

日本オフィスの社長は本国から来ているアメリカ人だ。

長谷川電気工業の時は、社長秘書室と言えば〝きれいで若い女の子たちがえらい人たちのお世話をしてる部署〟みたいな印象だったけれど、千田さんは五十代後半で、歴代のアメリカ人社長の仕事をサポートしてきた人だという。

「社歴も長いし、千田さんにおまかせしておけば安心だから。とても頼りになる良い方よ」

千田さんについて話が出ると、水野さんはそんなふうに教えてくれた。

外資系企業といっても、業種や国によって全然違う。

外資系と聞けば、アメリカ人とかイギリス人がたくさんいて、英語で仕事するというイメージが強いが、インドや中国、スペイン語圏の国だったら英語がメインの言語ではなくなる。

それは当然のことだけれど、水野さんから話を聞くまでは考えたこともなかった。外資系企業イコール英語、イコール欧米人、という印象しか持っていなかった。

水野さんが最初に入社した会社は、結局日本法人設立までいかず撤退、水野さん自身はその後、派遣社員として何社かを経て、トランスバイル社に正社員として入社したと話してくれた。

私は段ボールの箱詰め作業をしながら、こまめにメールをチェック、間島さんのスケジュールを確認し、水野さんの指示に従って、ガウ・ソンの人たちの訪問スケジュールをアップデイトしていった。

本社の人たちや、ガウ・ソンの秘書のレイチェルさんとも電話で話すようになり、英語を使う機会も増えた。

初めてアメリカからの電話を取った時、相手の名前が聞き取れず、落ち込んでいたら、水野さんが「そういうときは名前のスペルを聞けばいいのよ」と教えてくれた。

そうやって英語の電話にも慣れたある時、水野さんにかかってきた電話を取った。

「水野はいないの？」

強い中国訛《なま》りの英語で、ものすごくぶっきらぼうな、喧嘩《けんか》を売るような言い方だった。

「今、打ち合わせで席を外しています」

そう答えると相手は舌打ちして、いきなり「あんた、誰？」と言った。

あまりにも失礼なその態度に、「そっちこそ誰よ？」とか思わず言い返しそうになったが、自分を抑えて「失礼ですが、どちらさまですか？」と尋ねる。

「は？　ガウ・ソンのボニーよ、だから、あんたは誰？」

ボニーなんて知らないし、水野さんからも聞いたことはない。

とりあえず冷静に「水野さんと同じオフィスにいる高村と言います」と返事をすると、突然ボニーがものすごい勢いで喚《わめ》きだした。

一瞬、何が起きたのかわからず、受話器を持ったまま立ち尽くす。

きつい中国訛りの英語の上に、すさまじい勢いの早口でまくしたてるので、何を言ってるのかさっぱりわからない。

ざぁっと、全身から血の気が引いた。

英語がわからない。

鈴木さんと面談した時に感じたのと同じ恐怖が、ものすごい勢いで噴出した。

私が無反応なことで、ボニーの怒りがさらに増した様子だったが、そもそも何を言ってるのかがわからないから返す言葉もない。

しばらくがなりたてたボニーは、何か捨て台詞《ぜりふ》みたいなことを言ってから荒々しい音をたてて一方的に電話を切った。

私は受話器を持ったまま、呆然《ぼうぜん》と立ち尽くした。

重要な用件だったらどうしよう。

真っ先に、そう思った。

その時、背後で声がした。

「どうしたの？　何かあった？」

水野さんが部屋に戻っていた。

「あ、あの、ガウ・ソンのボニーって人から電話があったんですが、何言ってるか全然わからなくて……電話切られてしまいました。すみません」

　叱られる。

　そう思った私に、水野さんがげらげらと声を上げて笑い出した。

「全然、気にしなくていいよ」

　どういう意味かわからずきょとんとした私を見ながら、水野さんはデスクに戻ってぽんと書類を置いた。

「ボニーは誰にでもそういう態度を取る人なの。彼女、英語、上手《うま》くないのよ。それを隠すためにまくしたてるの。中国訛りが強いから、慣れていないと聞き取れないと思うわ。私も未《いま》だに、時々何言ってんだかわからない時があるし」

「すみません」

「んー、それ、やめたほうがいいと思うんだけどな」

　何を指摘されたかわからず戸惑った私をちらりと見て、水野さんが声を落した。

「高村さん、すぐに、すみませんって言うの、自分で気がついてない？　ボニーはみんなにそうだって言ったでしょ？　だから、高村さんがミスしたとか失敗したとかじゃないし、悪いわけでもない。日本人は相手の気持ちを損ねないように、すぐにすみませんって言うけれど、必要のないところで謝罪の言葉をやたらと使うのはよくないと思うの。外国人相手にそれやったら、通用しないどころか足をすくわれかねないし」

私、そんなにすみませんって言ってたっけ？

水野さんに言われるまで、まったく気づかなかった。

「ボニーの電話、私も最初は全然わからなかったし、今でも聞き取れないことなんてざらよ。あの人、それがわかっててやってるのよね。だから気にしなくていいの。私が言いたいのはね、そうやって、謝らなくていいところでやたらと謝罪の言葉使っていると、本当に謝罪しなければならない時にその言葉が安っぽくなってしまって通用しなくなるから、やめたほうがいいってことね」

「すみません」と思わず言ったら、水野さんが「ほら、それ。なんかもう、習慣になっちゃってるんだね」と笑った。

「アメリカ人は簡単に謝らないっていうけれど、逆に日本人は謝りすぎ。高村さん、語学留学した人にありがちな、おかしなアメリカかぶれみたいなところがないのはいいことだけれど、もうちょっと自分に自信持ってもいいと思うよ」

水野さんはシビアに物事を見るし、はっきりと意見を言う。

それはたまに、とても痛いところだったり、あえて言わないでいてほしかったりする部分だったりするが、水野さんはそこを突く。

お世辞もおべっかも言わないし、いい加減なことも意地悪なことも言わない。でも、言うべきことはきっちり伝えるし、相手の意見もきちんと聞いて、そのうえで話し合い、対応する。

いっしょに仕事をするようになって、それが水野さんだということはわかっていた。

「控えめなのと、自分に自信がないのは違うし、誰にでも下手《したて》に出るのは、はっきりいってよくないと思う。日本の古い体質の会社や、日本人にありがちな〝普通〟に徹したやり方の方が上手く立ち回れるし、敵もつくらないかもしれないけれど、ビジネスの場にそれを持ち込むって、プロフェッショナルじゃない。私は確かに高村さんの上の立場にいるけれど、仕事については高村さんを信頼していっしょにやってるんだから、きちんとそれに応《こた》えてほしい」

がん、と頭を叩《たた》かれたような気がした。

私の自信のなさはもちろん、恐れていることや甘さを突きつけられた気がした。

「その調子でボニーに謝罪してたら、それこそ何かあった時の責任やら何やら、全部ひっかぶせてくるし、弱みにつけこんでくる。だから弱気になっちゃだめだし、むやみに下手に出て謝るのもだめ。高村さんは高村さんの立場において、きちんと仕事をすればいい。それ以上の要求や無理難題ふっかけてくるような人は、その人がおかしいの。そうなったら、私や間島さんにそれを言ってくれればいい。それだけ」

そう言うなり、水野さんはデスクに座り、ものすごい勢いでメールを打ち出した。

「ボニーは、高村さんが来たばかりで、事情をよく知らないってのをわかった上でそういうことをしたの。だからそれに対抗するわ」

「これ見て」、と水野さんが指差すPCの画面を覗《のぞ》きこむ。

『こんにちは、ボニー
電話をありがとう。残念ながら、電話を受けた高村さんはここで仕事を始めたばかりなので詳細を知らず、あなたの電話の内容を把握できませんでした。水野が席に戻ったので、再度電話をいただくか、あるいはこのメールに返信する形で詳細をお知らせください。』

「これが対抗になるんですか?」

すると水野さんがメールの宛先《あてさき》を指差した。

TOはボニーになっているが、CCにツァイさんとその秘書のレイチェル、間島さんと私がはいっている。

「ボニーがどういう人だか、みんな知ってる。だから、ボニーが高村さんにどういう電話をしたのか、みんなこれを読めばすぐにわかる。ボニーも馬鹿じゃないから、このメール見たら、二度とあういう電話を高村さんにはできなくなるし、レイチェルはよくできた人だから、上手にサポートしてくれるはず。大事なのはね、仕事をとどこおらせないこと、誰かがそれでミスを起こしかねないようなことを、わざわざ仕掛けないこと、させないこと。そんなことをされたら、結果、全員が迷惑こうむることになるんだから」

「ありがとうございます」

頭を下げた私に水野さんは、「お礼言うところじゃないわよ。きちんと仕事してもらうために、時間の無駄になるような余計なこと、されないようにしただけだから」と笑った。

「今回みたいな時は、あったことをそのまま伝えてくれればいいのよ。私が折り返し電話すればいいだけのことなんだしね」

なんでもないことのように、水野さんが言った。

「こういう時、相手を責めてはだめ。無駄に時間を使うことになるし、お互い、感情的にもなる。関係を悪化させるだけになっちゃう。上手く対応することが第一で、大事なのはボニーの態度がどうとかじゃなくて、何のために電話をしてきたかでしょ？　だから、それさえはっきりすればいい。あとは私たちには関係ないし、ボニーの態度が悪いことは仕事と関係ない、彼女の問題だから」

まったく違う、と思った。

仕事に対する考え方や姿勢が、私が今まで知っていたものとはまったく違っていた。

そもそも会社という場において何を優先すべきか、何が大事なのか。

会社は仕事をする場所だ。

誰と仲良くするかとか、誰が好きじゃないとか、上司が嫌な奴だとか、誰がかっこいいとか、そういうことを考えたり、言い合ったりする場所じゃない。誰かの機嫌をうかがったり、誰かの思惑を推し量ったり、それを一番重要なものにしてはいけない。

水野さんは、ボニーを悪く言ってはいない。ただ、ボニーが仕事に個人的な思惑を持ち込んで、トラブルを起こしかけたことについては怒っている。

誰が正しいとか悪いとかではなく、どうしたら良い状態で仕事ができるかを考えている。

間島さんがなぜ、水野さんひとりにこのオフィスをまかせているのか、わかったような気がした。

アメリカ人が仕事を放棄して帰国してしまい、滅茶苦茶《めちゃくちゃ》になりかけたであろうこのオフィスを取り仕切れる、守れるだけの力を水野さんが持っているからだ。

秘書という仕事は、ここまでの力を持つことができる。

目の前にいる水野さんは、ショートヘアに黒いユニクロの半そでシャツにワイドパンツを穿《は》いて、ビルケンのサンダルをあわせている。メイクなんてほとんどしていないどころか、口紅も塗っていないし、ネイルもしていない。片方の耳に、ダイヤのはいった小さなループピアスをしているだけで、ゴージャスにブランドもので固めてスーツに高いヒールという、世間一般でいうところの秘書のイメージとはかけ離れている。

気取ったところも、高飛車なところもなく、偉ぶったところもない。

どんなときにも公平で冷静で、そして、誰よりも仕事に真剣に向かい、何が大事で、どうすればベストな状況を作ることができるか、何をすべきかをきちんと把握している。

外資系企業で、初めていっしょに仕事をする人が水野さんでよかった。真剣な表情をしながらPCの画面を見る水野さんの姿を見つめて、私はあらためてそう思った。

書類が詰まった段ボールの箱は、ガウ・ソンの人たちが来る三日前に田町の本社に発送された。

すっきりとした部屋で、ガウ・ソンの人たちの来日に向けて、私は水野さんのサポートに集中することになった。

オフィスの閉鎖に伴ういろいろな雑務もまだあるようで、豊津食品から水野さんに会議出席の依頼がしょっちゅうはいる。

そんな時は、私がひとりでこのオフィスを預かることになった。

それまでの仕事に加え、訪ねてくる豊津食品の人たちへの対応や、ガウ・ソンの人たちからの電話やメールへの応対もさらに増えた。

ツァイさんの秘書のレイチェルは、とても丁寧でわかりやすい英語を話す。

中国の女性はボニーのように気の強い人が多いと聞いていたけれど、レイチェルは穏やかで静かな人だった。

それを水野さんに言ったら、「フレンドリーじゃないアメリカ人だって、攻撃的な日本人だっているでしょ？　人を国籍でステレオタイプに見ちゃだめだよ」と言われてしまったが、ガウ・ソンの人たちは概《おおむ》ね丁寧で穏やかで、電話やメールにストレスを感じることはない。

そうしているうちに、ガウ・ソンのツァイさんたちがこのオフィスに来る日がやってきた。

前日、私たちはオフィス内を丁寧に拭《ふ》き掃除し、置かれていた書類やその他のこまごましたものすべて、棚や引き出しにしまいこんだ。

「明日はスーツで来てね」と言う水野さんの指示に従って、久しぶりにスーツを着る。鏡に映るスーツ姿の自分に、何やら新鮮な気持ちになっていたら、それを見たトモが、

「なんか、仕事できる！　って人みたい」と笑った。

オフィスに着いてすぐ、私は自分のPCを間島さん用のデスクに移し、使っていたテーブルを来客用に空けた。

今回、ガウ・ソンからは、ツァイさんの他にヴァイスプレジデント（副社長）のホーさん、日本オフィス代表に就任予定のゴンさんがいっしょに来日している。

トランスバイルからは間島さんと日本オフィス社長のチャールズさんが同行し、豊津食品の社長、取締役と専務、営業本部長と大阪の工場長が会うことになっていた。

「そろそろ着く時間よ」

水野さんが時計を見て言った。

十分ほどして、がやがやと大勢の人たちが近づいてくる気配がした。

「こちらが、トランスバイルのデリゲーションオフィスです」

間島さんの声がして、次々と部屋に人がはいってくる。

ゴマ塩頭の人、恰幅《かっぷく》の良い眼鏡をかけた人、そして年齢はいっているけれど、モデルのようにすらりとしたきれいな女性と、背の高い禿《は》げ頭のアメリカ人。

ガウ・ソンの人たちは、それぞれ何かを言いながら、オフィスを見渡している。

するとそこで、ゴマ塩頭の人が水野さんの前に立った。

「水野さん、やっとお目にかかれましたね。今回もいろいろ手配をありがとう」

深々と頭を下げた水野さんに、男性は手を差し出して握手をした。

部屋の端でそれを見ていたら、間島さんが近づいてきた。

「こちらにいるのは、水野さんのアシスタントの高村さんです」

よもや短期の派遣社員の身で、会社のトップに立つような人たちに紹介されるとは思ってもみなかったので慌てた。

ゴマ塩頭の人が、にこやかに私に右手を差し出す。

「ツァイさんだよ」と間島さんが言った。

私の手をしっかりと握りしめたツァイさんの手は、大きくて温かかった。

モデルのようにきれいな女性がヴァイスプレジデントのホーさん、恰幅のよい眼鏡の人がゴンさん。

ガウ・ソンの人たちとの挨拶《あいさつ》が一通り終わると、社長のチャールズさんがやってきて、私の肩をぽんぽんと叩《たた》いた。

「ありがとう」

その言葉を残して、一行はそのまま豊津食品の重役陣との挨拶と会議のために、別のフロアへと向かった。

滞在時間は、十五分ほどだった。

「終わったぁ！」

水野さんが両手を上げて叫んだ。

「高村さん、ありがとう。無事終了！」

あっけなかった。

あれだけの時間をかけて、たくさんの人たちが手間暇かけて準備したにも拘《かか》わらず、ツァイさんたちがいたのは本当に短い時間だった。

「なんか、あっという間に終わっちゃいましたね」

そう言うと、水野さんが、「そんなものよ」と伸びをしながらさらりと答えた。

「順調に事が進むってそういうこと。だからこそ、気持ちいいでしょ？」

確かにそうだ。

とても緊張したけれど、不思議な高揚感に包まれていた。

ツァイさんの手のぬくもり、ホーさんが私に向けた艶《つや》やかな笑顔、ゴンさんの豪快な笑い声、そして、私の肩にはまだ、チャールズさんの手の感触が残っている。

「あとは会議でその後会食だけど、豊津の方が全部やってくれるから、私たちは少しのんびりしましょう」

そう言って、水野さんはふたり分のコーヒーをいれた。

一行は二時間の会議の後、豊津食品の人たちと共に社用車で移動し、築地《つきじ》の料亭で食事をすることになっている。

手配や調整は、豊津の社長秘書代行の松木さんが水野さんといっしょに取り仕切り、ツァイさんたちの来日については、チャールズさんの秘書の千田さんが担当していた。それぞれがきちんと役割を持ち、責任を持って職務にあたる。その結果、みんな気持ちよく仕事することができて、良い形で終わらせることができる。

今回のガウ・ソンのエグゼクティブ来日は、そういう仕事だった。

多くの人が関わる仕事では、それは決して簡単なことじゃない。

自分がやったことは、小さなことだったと思うが、そういう人たちの中でいっしょに仕事をすることができて、私は満ち足りた気持ちでいっぱいだった。

「これが終わったら、あとはもう片付けの作業しかないから、これからはのんびりできるわよ」

コーヒーを飲みながらそう言った水野さんの言葉に、ここでの仕事も、あと一ヶ月だということに気づく。

書類の箱詰めがメインの仕事だったけれど、濃厚な時間をすごしたように感じた。

ずっとここで仕事をしていきたいと、心のどこかで願う気持ちになっていたけれど、それは不可能だ。

このオフィスは、一ヶ月後にはなくなってしまう。

「ここがクローズになったら、水野さんは田町の本社に戻られるんですか？」

「あら、退職になるのよ。言ってなかったっけ？」

水野さんの答えは、予想もしていなかったものだった。

「退職するって……そんな……」

動揺する私を、水野さんは平然と眺めている。

「あら、だって、会社は買収になって、所属する部門も閉鎖だったら、退職しかないでしょ。退職っていってもレイオフ（一時解雇）だから、会社都合だけど」

「だって、ツァイさんとかゴンさんとかと、挨拶してたじゃないですか！」

「挨拶くらいするでしょ。礼儀として」

じゃあさっきのは、辞めさせるとわかっている社員に対して、何事もないかのように挨拶したということなのか？

直接お礼を言っていたくらいだから、ツァイさんたちだって、水野さんがどれだけ豊津食品とのビジネスに貢献したか、わかってるはずだ。

「辞めさせるってわかっててあの対応ってどういうことなんですか？　なぜ、水野さんが辞めなければならないんですか？　水野さんが辞めさせられる理由なんて、ないじゃないですか」

私が言うべきことじゃない。

わかってはいたが、言わずにはいられなかった。

「外資系企業なんて、どこもそんなものよ」

水野さんは平然としていた。

「買収、部門閉鎖、ポジションクローズ、組織変更、業績悪化に伴う人員整理。そういう理由であっさり社員切るなんてよくあることだし、私も初めてじゃない」

「納得してるってことですか？」

「納得はしてないけど、仕方ないと思ってる。だって、会社は別の会社になっちゃうんだから。誰がいいとか悪いとかじゃないし、私個人ではどうしようもないことでしょ？トランスバイルの社員の半分近くはレイオフになるし。だから、上司だったエディはさっさとアメリカ帰っちゃったのよ。ここにいても次の仕事、探せないから。会社都合だからパッケージも出るし、失業保険もすぐに出るから、とりあえず最悪の状況ってわけでもないかな」

パッケージというのは、会社都合での退職の際、会社側が用意する条件のことで、退職金とは別に特別なお金が支給されると水野さんが教えてくれた。

けれど、それをもらったところで、次の仕事を探さなければならないことには変わりない。

「まぁね、このご時世、秘書のポジションなんて、どこの会社も減らしているくらいだから、次の仕事探すのは大変かもしれない。ゴードンの鈴木さんにはもう話してあるから、私も退職したら、鈴木さんのお世話になるかも」

明るい口調だけれど、内容は重い。

「今は日本企業だって、定年まで働くのって難しいじゃない？　外資なんて、そもそも定年まで働くなんて人は少ないわけで、今回みたいなことだって、みんな外資系で働く以上はある程度想定して、腹くくってると思うな。だからこそ、転職の時にも会社や条件を考えて選ぶし、仕事で結果出して実績にして、次につなげていくことも考えてる」

「嫌じゃないんですか？　つらいとかきついとかそういうの、ないんですか？」

水野さんと私では比べようもないが、無職からの就職活動は想像を超えてきつい。暗闇の中を、開く扉を探して歩き回るようなものだ。

動揺する自分を抑えることができないでいる私を見て、水野さんがにやりと笑った。

「嫌にきまってるじゃない。レジメ作り直して、あっちこっちエージェントまわって面談続きなんて、つらいしきつい。だめだった時なんて、それこそ死んじゃいたいくらい、消えちゃいたいくらいの気持ちになる」

そう言って、水野さんは私から視線をそらして、窓の外に広がる空へ目を向けた。

「けんもほろろな、ものすごく失礼なことを言ってくるエージェントや会社もある。面接した相手があからさまに興味なさそうな態度だったり、いい感触に期待していたら、あっさり落としてくる会社もあった。イントネーションのきつい英語でマシンガンみたいにまくしたてられた面談の後なんて、あまりにつらすぎて、そのビルのエントランスで声上げて泣いたから、私」

水野さんは冷たくなったコーヒーを一口飲んだ。

経験豊かでスキルの高い水野さんでも、それほどに厳しい経験をしている。

「外資系企業で働くって、タフじゃないとだめなんですね……」

「別に、外資系に限ったことじゃないでしょ？　どんな仕事をしていても、いつ何が起こるかわからない。会社の買収や倒産とか、個人の力ではどうしようもないことなんて、日本企業でも外資でも変わらないと思うよ。そうなった時、なんで会社辞めなければならないんだ！　って騒いでも、意味がない。だって、会社がなくなっちゃうんだから。そうなった時に、なんとかできるように覚悟しておくってのは、どんな人にも必要だと思うし、それに対応して次に進む力も蓄えておくのは大事なことだと思うよ」

当たり前のことのように水野さんは言うけれど、それはたぶん違う。

以前勤めていた会社では、そんなことを考えている人はいなかったし、そんな話もでたことはない。

日本企業に比べたら、外資系企業での転職は珍しいことじゃない。

だからこそ、外資系企業で働く人たちにとっても、転職がそこまで厳しいものだということは意外だった。

「外資系での転職って、ジョブホッピングとかステップアップのためなんだと思ってました」

するとと水野さんが「やだぁ」と、大声で笑った。

「雑誌とかテレビとかでそういうこと言ってる人、私もよく見るけれど、メディアが作り上げた偶像みたいなものだと思うなぁ。実際はもっといろいろ泥臭い大変なことがいっぱいあるし、そういうのって、本人がかっこつけて大げさに言ってたり、脚色されてると思うよ。何かネガティブなことがなければ会社を辞めるなんて考えないだろうし、今より条件の良い仕事の話をもちかけられれば、そりゃ人間、打算含みでいろいろ考えるでしょ? ヘッドハンターに連絡もらって転職しました! なんて自慢する人もいるけど、行った先で結果出せなくてあっという間にクビになったなんて話、そこら中にあるもの」

それは、私が知らなかった世界、現実に外資系企業で働く人たちの話だった。

「水野さん、ありがとうございます」

「わ! 何、突然!」

驚く水野さんに、私はもう一度言う。

「初めての外資系企業での仕事、いっしょにお仕事させてもらうのが水野さんで、本当によかったです」

「えー、やだなぁ、もう、何それぇ」と照れながら、水野さんが私に笑顔を向けた。

「こちらこそ、ありがとう。高村さんが来てくれたおかげで、暗い気持ちになりそうだった最後の日々、笑ってすごせてる」

夕刻、豊津食品の秘書の松木さんから、メンバー全員無事、会食の場所に向かったと連絡がはいった。

トランスバイルでの、いちばん大きな仕事は終わった。

窓の外には、橙色《だいだいいろ》に染まった夕方の空が広がっている。

初めてやり遂げた大きな仕事に、とてつもなく充実した気持ちになっていた。

それは、今まで仕事をしてきた中で初めて味わった気持ちのよさだった。


「なんか残念だね」

トモが大きく切り分けたケーキを食べながら言った。

久しぶりにいっしょに夕食を摂ることになったその日、お給料日だった私はケーキを買って帰った。

ささやかだけれど、トモへの感謝の気持ちだった。

私と違って、トモの仕事は時間が不規則で、深夜に帰ってくることも少なくない。

でも、トモはできる限りけじめのついた生活を送っている。きちんと掃除をし、きちんと洗濯し、だらだらと時間を過ごすことはない。

新しい仕事にいっぱいいっぱいで、ともすれば何もかもいい加減にして、週末もだらだらと過ごしてしまいそうな私だったけれど、トモのその暮らしぶりが、私にはよい影響を与えてくれていた。

「まぁ、最初から、事務所を閉めるまでの仕事ってわかってたからね」

「でも、最初がそういう良い会社でよかったよね」

トモの言葉に、私はうなずく。

「外資系企業って、もっとなんか敷居が高いものだと思っていたけれど、貴美の話聞いてると、そういうわけでもないんだなって感じる」

「言われてみればそうかも。私も、実際仕事してみて、思っていたのとは良い意味で違うって思った」

「やってみないと、なんでもわからないってことだよね、貴美はすーぐに落ち込むけどさ」

そう言って、トモは大きな口を開けて、ケーキにかぶりついた。

鈴木さんとの面談でがっくりと落ち込んでいた自分を思い返すと、トモの言葉に反論できない。

「今はね、最後まできちんと仕事しようって、それだけを考えるようにしてるんだ。もうすぐ仕事が終わってしまうって考えると、また落ち込みそうだから」

うなずいたトモが、「貴美の新しい挑戦は、まだ始まったばかりだしね」と言って、またフォークでケーキを切り分ける。

「貴美なら大丈夫って思ってた」

突然の言葉に、食べようとしていたケーキを、うっかりフォークからお皿に落とした私は、「どういうこと？」と、目の前でケーキを口いっぱいに頬張ったトモを見る。

「普通はさぁ、女って、落ち込んだ時とかだめな時、なぐさめて励まして、『そうだよね』、『大変だよね』、『つらいよね』って言ってもらいたがるものだけどさ。貴美はそういうの、全然ないから。じたばたしながら、自分でそれをどうすればいいか、ちゃんと考えて、人に頼ることなく行動に移すからさ」

「私だって、なぐさめたり、励ましたりしてほしいよ」

「そうじゃなくて」とトモが笑う。

「たいていは、そこで終わっちゃうんだよ。なぐさめあって励ましあって、そこで満足して終わっちゃうの。でも貴美は違う。がんばって、自分でその先に行こうとするから。アメリカ行ったのだって、そうじゃない？」

トモはビールをぐびりと飲んだ。

そんなかっこいいものじゃない。

愚痴をこぼして、泣いたり落ち込んだりもする。

でも、自分では気づいていない私のことを、トモは知っている。

そして、私よりも先に夢を叶《かな》えたトモの言葉は、いつも私の背中を押してくれた。

「なんか私、トモにお世話になってばかりだね。ほんとにありがとう」

真面目にそう言うと、「礼はブツでよこしてください」と、トモがケーキを指差した。

うっかり噴き出した私は笑いながら、残り一ヶ月がんばろうと、あらためて決意した。


家の用事で急きょお休みを取ると、水野さんから連絡がはいった。

書類の整理も大方終わっていることもあり、私はひとり、のんびりと残務整理を始めた。


そんな中、お昼少し前に電話が鳴った。

「水野さんはいらっしゃいますか？」

豊津食品の社長秘書代理の松木さんだった。

「今日は急遽《きゅうきょ》、お休みをいただいているのですが」

そう伝えると、松木さんが一瞬考え込んだ。

「でしたら、高村さんにお願いしたいのですが。至急、ゲティンさんの秘書の千田さんに連絡を取っていただきたいんです」

ゲティンというのは、社長のチャールズさんのことだ。

「弊社の前社長だった澤村《さわむら》さんが急遽、ゲティンさんにお会いしたいと言ってきたものですから」

「いつでしょうか？」

「……それが、今日、なんです」

「今日ですか！」と思わず声を上げると、松木さんが「すみません、急で」と申し訳なさそうに言う。

「高村さんはご存知ないと思いますが、澤村さんは社長時代、ゲティンさんと大変親しくさせていただいていたんです。御本人は退職後九州に住んでおられて、滅多にこちらにいらっしゃることはなくなっていたんですが、こちらに来られる予定があったそうで、急遽時間をとることができたと、奥様からご連絡を頂戴《ちょうだい》した次第です」

事情はわかったが、そうは言ってもチャールズさんは多忙で、突然のこの申し出に対応できるかわからない。

「とりあえず千田さんに聞いていただけますか？」という松木さんの言葉に、「すぐに連絡をとってみます」と答えた。

事情を聞いた千田さんは、「すぐにチャールズさんに確認して折り返します」といったん電話を切ったが、十分ほどですぐに折り返しの電話がかかってきた。

「高村さん、予定していた会議をリスケしました。チャールズさん、午後二時にそちらにうかがいますので、松木さんにその旨、お伝えいただけますか？」

松木さんに電話をすると、ほっとしたのがわかった。

どちらの会議室におうかがいすれば？　と確認すると、松木さんが意外なことを言った。

「澤村さんがぜひ、そちらのオフィスにうかがいたいと言っておられます」

「あの、松木さん、でもここ、ご存知のとおり、会議用のテーブルしかありませんが……」

そう言うと、松木さんが声のトーンを落とした。

「澤村さんとチャールズさんは、弊社が別の会社に買収されそうになった時、協力してそれを乗り越えて以後、個人的にとても親しい間柄なんです。当時、澤村さんはよくそちらのオフィスにうかがって、表立って話せないことを、チャールズさんとふたりでお話しされていたと聞いています。きっとふたりで、当時のことを懐かしくお話ししたいんじゃないでしょうか？」

結局、ふたりは殺風景なこのオフィスで会うことになった。

二時少し前にやって来たチャールズさんを会議テーブルに案内して待っていると、二時を五分ほど過ぎた頃、通路を誰かがやってくる音がした。

入口に姿を現した澤村さんは、杖《つえ》をついていた。

よろよろとおぼつかない足取りで、ゆっくりと、部屋にはいってくる。

その姿を見るなり、チャールズさんは立ち上がり、澤村さんに駆け寄った。

「わざわざ来てくださって、ありがとう」

喜びを隠せない表情で言ったチャールズさんに、澤村さんが流暢《りゅうちょう》な英語で「これを逃すと、僕はあなたに一生会えなくなってしまうと思ってね」と、笑顔を返す。

そして、私の前で、チャールズさんと澤村さんはハグをした。

私はふたりにコーヒーをいれると、話が終ったら電話をするというチャールズさんに携帯番号を伝え、付き添ってきた松木さんといっしょに部屋を出た。

「よかったら、秘書室でお待ちになりませんか？」

松木さんの言葉に私はうなずきつつ、気になっていたことを尋ねた。

「あの、澤村さんは、どんな用件で東京にいらしたんですか？」

「一昨日《おととい》から東京の病院に、検査に来ていたんだそうです。なんとか時間を取ることができたと、私のところに連絡をくださいました」

検査？　と問い返すと、松木さんが答えた。

「澤村さん、退職してすぐ脳梗塞《のうこうそく》で倒れて、左半身に麻痺《まひ》が残ってしまったんです。療養のために、お嬢さんが住んでおられる九州に移られていたんですが、現役時代から別に持病をお持ちで、今回はそちらの検査で上京されたんだそうです。ゲティンさんに会える最後のチャンスだからと、無理をおして来られたようです」

そうか、だから一生会えなくなってしまうって言ってたんだ。

トランスバイルがなくなるのと同時に、チャールズさんは帰国する。

チャールズさんがアメリカに帰ってしまったら、今の澤村さんの状況では、二度と会うことはできないかもしれない。

だからチャールズさんも、会議の予定を変更してまで時間を作ったんだ。

「澤村さん、ゲティンさんがいつか帰国したら、アメリカの別荘に遊びに行く約束をしていたんだそうです。でも、もう、それもかなわないから……」

私はそのまま、松木さんのいる秘書室のソファで、ふたりの時間が終わるのを待った。仕事での関わりといっても、チャールズさんと澤村さんのような関係もある……。何か胸をしめつけられるような気持ちになった。

澤村さんがはいってきた瞬間のチャールズさんの表情、そのチャールズさんを見る澤村さんの視線が、私の心に焼き付いている。

会社のトップに立ち、世界を相手に共に仕事をしてきたふたりの友情には、若輩者の私には想像もつかないいろいろなことがあったのだろうと思う。

その時、ふと、ひらめいた。

私は松木さんにことわって、秘書室を離れた。

一時間後、チャールズさんからの電話が鳴った。

「長く待たせてしまって、すみませんね」

澤村さんがそう言いながら、ゆっくりと立ち上がる。

「あの……まだ少し、お時間ありますか？」

怪訝《けげん》な表情を浮かべたふたりの前に、私は用意したものを取り出す。

それを見たチャールズさんが、声を上げた。

「写真立て……？」

隣のビルにはいっている100円ショップで買ったものだから、立派なものじゃない。

木目に見立てたプラスチックの安物だが、会社の近くではこれしか見つからなかった。

「私のスマホでおふたりの写真を撮って、ここでプリントします」

チャールズさんと澤村さんの表情が変わる。

ふたりに並んで座ってもらい、私はそれをスマホで何枚か写真に撮った。

そのデータをPCに送り、一番写りが良い写真を選んで、松木さんが探してくれた写真用の用紙に印刷した。そしてそれをカッターできれいに切り、写真立てにいれる。

「ラッピングもなくてすみません」

ふたりとも、そんなことは気にしていなかった。

手にした写真をそれぞれ、じっと見つめている。

ふっと、澤村さんが顔を上げ、私を見た。

その目は潤んでいた。

「ありがとう。僕はおじいさんだから、こんなことは思いつきもしませんでしたよ。こういうことも、簡単にできる時代になったんですねぇ」

「こんなすてきなプレゼントを、本当にありがとう」チャールズさんの目も、潤んで見えた。

ふたりが帰った後、私はその写真をまたプリントして、一冊だけ残してあったファイルに貼りつけた。

この会社の歴史を記録する数十冊のファイルの最後のページに、チャールズさんと澤村さんの写真が残された。


それからは、残務整理とオフィスの片付けが中心の仕事となった。

残るところ半月というある日、間島さんが水野さんと私をディナーに招待してくれた。

「私、派遣なのに、行っていいんですか?」と聞くと、水野さんが「断らないでよ! 私と間島さんふたりっきりのディナーなんて、なんか怪しいふたりみたいになっちゃいそうだもの」と冗談まじりに言ったので、遠慮なくご招待に与《あずか》ることにした。

けれどその場所が、日比谷のホテルの中にある有名イタリアンレストランと聞いて、さすがにひるんだ。

入口まで行って臆《おく》した私に水野さんが、「大丈夫! 間島さんが、ちゃんと予算とって招待してくれてるから」とささやいたのには思わず笑った。

間島さんが「ワイン、好きなの頼んでいいよ」と言ってくれたけれど、ワインの銘柄なんてわかるわけもなく、結局水野さんと同じものにしてもらう。

それは、とてもすてきな食事会だった。

豪華で穏やかな雰囲気、おいしいご飯、そして楽しい会話。窓の外には東京の夜景が広がっている。

間島さんは会社に残るのだと、メイン料理を食べている時に聞かされた。

「そうは言っても、ガウ・ソンの人たちが日本のビジネスに慣れた頃には、僕も去ることになるだろうけどね」

　間島さんはさらりとそう言ったけれど、その言葉には、ずっと外資系企業の第一線で働いてきた人の強さの片鱗《へんりん》が見えた。

　そしてその後、オフィスクローズの日が迫るにつれ、豊津食品の人たちが次々と水野さんを訪ねてやってくるようになった。

　社内のいろいろな部署からはもちろん、北海道や九州など遠方からわざわざ来る人、さらには取締役や支社長という重役クラスと、その数から水野さんがどれだけトランスバイルと豊津食品との仕事に貢献し、たくさんの社員たちと関わってきたかがわかった。

　最後の日、社長秘書代理の松木さんと秘書室の人たちがそろって、大きな花束をもって部屋にやってきた。

「長い間、ありがとうございました。このオフィスが閉鎖されてしまうのも、水野さんがいなくなってしまうのも、本当に残念です」

　そう言って花束を差し出した秘書の人たちに、水野さんが深々と頭を下げた。

「こちらこそ、いろいろお世話になりました。みなさんもお元気で」

　いっしょに仕事をしてきた社員がみな、水野さんとの別れを惜しんでいる。

　辞める人を見送る場にいたことは今までも何度かあったけれど、ここまで惜しまれ、こんなに温かく見送られる人を見るのは初めてだった。

　そして、夕方。

水野さんは、きれいに片付いたオフィスを見渡した。

家具だけとなったオフィスは、実際よりもずっと広く見えた。

間島さんは中国出張のために、オフィスには来ない。

「じゃ、高村さん、今日はこれで」

水野さんが言った。

最終日の今日、オフィスを閉めた後、水野さんは本社に行き、人事の手続きを行うことになっている。

「短い間でしたが、ありがとうございました」

頭を下げた私に、水野さんが「こちらこそ」と返す。

「高村さんも私も、次の仕事探しになるね」

三ヶ月、あっという間だったけれど、すべてが貴重な毎日だった。

何も知らない、わからない私に、水野さんはいろいろなものを示してくれた。

「次の仕事でもがんばってね。高村さん、自分ではまだ気がついていないと思うけれど、真面目に誠実に仕事をする人だから。そういうのって、とても大事なことだし、大切にして。高村さんの良いところを、きちんとわかってくれる会社と出会えるといいね」

差し出された小さな花束を、私は静かに受け取った。

そして、トランスバイル社での仕事は終わった。

MONTGOMERY LIFE INSURANCE
モンゴメリー生命

次の仕事は、なかなか決まらなかった。

トランスバイル社での仕事が終わってすぐ、鈴木さんからデンマークの医療関係の会社での人事アシスタントポジションの話がきたけれど、顔合わせまでいかなかった。

他のスタッフからもいくつか紹介があったものの、ほとんどは書類選考を通らず、顔合わせしたところも、結局採用には至らずに終わっている。

新卒で就職活動した時もきつくて大変だったけれど、よもや、それ以上にきつい経験をするとは思ってもみなかった。

新卒の時は、みんなが同じ条件でスタートラインに立つ。だから、比較も評価も一定のラインや基準があったように思う。

でも、今回の就職活動は違う。

同じ土俵に立つ人はおらず、比較や評価の基準もはっきりしたものはない。

評価の対象になるのは、スキルやそれまでの経験になるが、相手先の企業や面談した人によって、見方はまったく違ってくる。

卒業した大学の名前を聞かれることは一度としてなかったし、趣味は何ですか？　なんて質問もない。必ずあるだろうと思っていた英語のレベルチェックも、行う会社はなかった。

顔合わせの時間は長くて三十分、短いところだと十分ほどで終わってしまう。上司になるだろう人と面談をするが、レジメを見ながら、口頭で私の経歴やスキルを確認するだけ。

自信をもってアピールできるスキルも経験もまだないけれど、それでも、そんな短い時間でいったい私の何がわかるんだろうという疑問がいつもついてまわる。

何がだめなのか、何が足りないのか、どうして採用に至らなかったのか、不採用の連絡がくるたびに考えたが、想像もつかなかった。

私よりスキルや経験、実績の高い人が山ほどいるのはわかっている。

だから、余計に落ち込んだ。

あせりだした私を見て、トモが「大丈夫、ずっとそのままってわけじゃないから」と、励ましにもならないことを言った。

「このまま仕事決まらなかったら、ここの家賃だって払えなくなっちゃうよ。私、もうほとんどお金ないし」

弱気な私に、トモが「あせったからって、仕事決まるわけじゃないじゃん」と、これまた正論を言った。

ダンサーの仕事は、会社員と違ってとても不安定だ。

そういう仕事をずっと続けてきたトモは、私よりもずっとタフで柔軟で、そして滅多に弱音を吐くことはない。

時々言い合いになったりもするけれど、トモのそんなところに救われていることもわかっている。

家賃は気にしなくていいよ、貸しにしとくからとトモは言ってくれたけれど、いくらトモのほうが収入がいいからといって、いつまでも甘えているわけにはいかない。

先の見えない仕事探しに疲れを感じてきた頃、メールボックスに、〝佐田《さた》啓祐《けいすけ》〟の名前があることに気がついた。


『高村さん、久しぶりです。

佐田です、覚えていますか？

僕は、少し前に東京本社勤務になり、こっちに戻ってきました。

高村さんがアメリカに行くと言って会社を辞めてから一年過ぎたことに気がついて、メールしてみました。

今はまだ、アメリカにいますか？　それとも、予定通り戻ってきてるのかな。

よかったら近況教えてください』

佐田君は長谷川電気工業の同期で、研修の後、札幌《さっぽろ》支店勤務になった。

佐田君もアメリカのテレビドラマや映画が好きで、前の会社にいる時は、彼の帰省時の飲み会やメールで語り合うこともよくあったが、私が会社を辞めてからは疎遠になっていた。

そうか、東京に帰ってきていたんだ。

しかも、私のことをちゃんと覚えてくれていて、連絡をくれた。

そう思うと、懐かしい想いでいっぱいになった。

日本に戻ったことを知らせると、次の日、『会わない？』と連絡がきてその週末、私たちは表参道《おもてさんどう》のカフェで落ち合った。

「うわぁ、佐田君、痩《や》せたね」

目をむく私に、「久しぶりに会った最初の言葉がそれかぁ」と、佐田君が笑った。

私が知っている佐田君は、縦にも横にも大きい人だったけれど、目の前にいる彼は、すっきりと痩せて少しかっこよくなっていた。

「ストレスで胃腸炎になって、痩せちゃったんだよ」

「そんなに大変だったの？」と尋ねると、「まぁ、いろいろあってさ」と言葉少なにちょっとだけ笑った。

「僕のことより高村、なんかやっぱり雰囲気変わったよね」

「そうかな。自分ではよくわかんないけど」

「垢抜《あかぬ》けたっていうか、前より明るくなったっていうか、そんな感じがする」

「前は全然イケてなかったってことかぁ」と返すと、佐田君は「いや、そうじゃなくてさぁ」と言ってまた笑った。

照れると鼻の頭を掻《か》く癖は変わっていない。

「アメリカ、どうだった？　楽しかった？」

「楽しかったけど、勉強ばっかりしていたから。学校と寮の往復ばかりだったよ」

「そっか。そうだよね、英語の勉強しに行ったんだもんね。じゃあ、ディズニーランドもユニバーサルスタジオも行ってない感じ？」

「両方とも一度は行ったけど、けっこう遠いから」

「だって高村、ロスにいたんでしょ？」

不思議がる佐田君に、ロスって言ってもロスの中心じゃなくてロス近郊で、近郊って言っても車で中心部から二時間以上もかかるところだったんだよと言うと、「それはロスじゃないよ。詐欺じゃん」と声を上げて笑った。

姿形は以前とはだいぶ違っているけれど、笑顔は変わっていない。

それから私たちは以前と同じように、アメリカの映画やドラマの話で盛り上がった。

「映画、昼間はマチネで安いし、寮でもケーブルテレビでいろいろ観られるから、時間さえあれば映画三昧《ざんまい》だったよ」

「いいなぁ、ドラマとかだと、日本で観られるのはだいぶ遅いしなぁ」

アメリカのクライムドラマが大好きな佐田君が、ため息をつく。

「高村、もう映画とか、字幕なくてもわかるんでしょ？」

「全部はわからないよ」

以前の私だったら、一年アメリカで英語を学んだという人に同じ質問をしただろう。

正直に答えると、佐田君が「そうなの？」と不思議そうな表情を浮かべた。

「行く前よりはずっとわかるようにはなっているけど、やっぱり全部わかるわけじゃないよ。法廷ものとか医療関係ものとか、専門用語が多いのはさっぱりわからないし、スラングや強い訛《なま》りがあるものもよくわからない」

「そうなんだ。一年もいたらペラペラになって、なんでもわかるようになるんだと思ってたよ」

「だったら苦労しないって。試験勉強とかと違ってゴールはないし、知らないことは山ほどあるからさ。英語についてはまだまだ自信ないし、わからないこともたくさんあるよ」

私は佐田君に、鈴木さんとの面談、トランスバイルでの水野さんとの仕事のことを話した。

全てを正直に話すことはできなかった。

粉々になった自信、大きな挫《ざ》折《せつ》感、抱え込んだ不安や恐怖、そういうものをトモ以外の人に話すことは、まだできない。

「すごいね。そういう世界があるんだな」

佐田君が感心したように声を上げる。

「英語で仕事してるとか、僕にはちょっと想像つかない世界だよ」

そう言ってから、佐田君は少し暗い表情を見せたが、それは一瞬で、すぐに元の笑顔になり、

「僕も東京に戻ってきたし、よかったらたまには会おうよ。映画やドラマの話できるのって、高村くらいしかいないから」

と言ってくれた。

「もちろんいいよ」と答えた私の胸の中で、ぽっと小さな明かりが灯《とも》った。

長谷川電気工業にいた時は、佐田君とはプライベートで会うことはもちろん、ふたりきりで会ったことはない。

同期会や飲み会で、会えば話が盛り上がる楽しい相手ではあったけれど、彼を異性として意識したことはなかった。

佐田君には、大学時代から付き合っている彼女がいて、入社当時から、同期全員がそれを知っていた。

「私も連絡もらってうれしかった。またいつでも連絡して」

「ありがとう。絶対また、連絡する」

なかなか仕事が決まらず、曇っていた私の心に、ふっと暖かい光が差し込んだ。

「アメリカの保険会社のＩＴ部門でセクレタリー（秘書）のお仕事ですが、興味はおあ

りでしょうか？」

鈴木さんと同じ部署の田丸《たまる》さんという女性から連絡があった。

「高村さんはセクレタリーご希望でしたよね？　秘書のポジションは通常、経験のない方は難しいのですが、この会社は基本的な事務職の経験があればよいとおっしゃっています。上司は日本人の女性ですが、本社はアメリカで、社内にも外国人の方がいらっしゃるそうですから、英語を使う機会もあると思いますよ」

来た!!　と、思わず声を上げそうになった。

願っていた、やりたかった秘書の仕事だ。

すぐに顔合わせの日程が決まり、週明け、モンゴメリー生命の近くだという赤坂見附《あかさかみつけ》駅近くのカフェで、私は田丸さんと落ち合った。

田丸さんの年齢はたぶん私とそう変わらないように見えた。

「今日お会いいただくのは、IT部長の金井《かない》さんと人事の江口《えぐち》さんです。うちからのご紹介は初めてなのですが、派遣社員の方は他にたくさんおられるそうですから、心配はいらないと思います」

モンゴメリー生命はアメリカの大手保険会社で、日本でもテレビのCMでよく見る有名な会社だ。オフィスは高層ビルの二十二階から二十五階の三フロアにあり、社員もトランスバイル社とは比べ物にならないくらい大勢いる。

二十二階の総合受付からフロアの奥に案内された私たちは、白ですっきりと統一された会議室に通された。

　少ししてノックの音が聞こえて、会議室に女性がふたりはいってきた。

　美しく髪を巻いたスーツ姿の艶《つや》やかな雰囲気の人と、白髪交じりのおかっぱ頭のものすごく地味な人で、同じ会社の人なのにこんなに違うものなのかと、妙な違和感を持った。

「高村です。よろしくお願いします」と頭を下げた私に、スーツ姿の女性が「金井です」と名乗り、真っ赤なルージュの唇の端を上げて、にっこりと微笑んだ。

「一年ちょっと、経歴にブランクがあるのね。何かしていらしたの？」

　レジメを見ながら、金井さんが私に尋ねた。

「英語を勉強したくて、アメリカに行ってました」

　語学留学という単語を避けて答えると、金井さんが「あら、いいですね、前向きで」と好相を崩した。

「会社を辞めて、アメリカへ行ってたってことよね。そういうふうに前向きにがんばる人、私好きだわ。私もそうやってきたから、気持ちわかる」

　日本に戻って初めて英語を勉強しにアメリカに行ったことを認めてもらえた。

　そのことがあまりにうれしくて、金井さんの笑顔を見ながら、ここで働きたいという気持ちを大きくした。

「英語を身に付けて、外資系で働きたいと思っていたので」

付け加えた私に、金井さんが赤くきれいにネイルされた指先を組みながら、「長谷川電気みたいな古い体質の日本の会社にいたら、あなたくらいの年齢の女性って大方、恋愛とか結婚に目が向いているでしょう？　その中で高村さんは、仕事や自分の生き方について考えていたってことよね。素晴らしいわ」と褒めてくれた。

金井さんの言うとおり、長谷川電気工業で、女性社員の多くが話題にしていたのは、仕事ではなく、社内の独身男性のことだった。

誰に彼女がいて、誰は長男で、誰の両親は会社役員で——。

そんな情報が飛び交う中、躊躇《ちゅうちょ》なく彼らにアプローチを始める同期の女性たちに違和感を覚えつつも、それを否定する気持ちにはなれなかった。

長谷川電気工業は大手企業で安定した会社だし、ほとんどの人は定年まで働き続ける。男性社員もそれなりに知名度の高い大学を卒業した人が多い。結婚相手として考えるなら、申し分ない条件を揃えている。

上手に細やかにさりげなく、けれど大胆に巧妙に、狙った相手と親しくなっていくのを見ながら、すごいなぁと感心する反面、そういう人たちにとって仕事ってなんなんだろうと思った。

彼女たちが、仕事をいい加減にしていたわけじゃない。

むしろ、私よりはるかにそつなく仕事をこなし、高い評価を得ている人だっていた。

でも、そういう人たちも恋愛と結婚というものを人生の中心にすえていて、三十歳を大きく超えた社内の独身女性たちに冷たい嘲笑《ちょうしょう》まじりの視線を向ける。結婚できなかった女、男から相手にされなかった女。はっきり口にはしないけれど、会話の端々で「ああはなりたくない」という言葉が見え隠れした。

結婚しても仕事を続ける、子供がいても仕事と家庭を両立させる――、仕事は大事と言いながら、同じように仕事を続ける他の女性を既婚か未婚かで計る。

総合職を選び、男性と肩を並べて仕事をする同期の女性たちも、それは同じだった。どの女性たちも、恋愛をしなければ、結婚しなければと、誰が決めたのかもわからない決まりに踊らされて、刻一刻と迫る三十歳という期限の前に、ゴールを見つけようと全力で走り続けていた。

女性の自立と声高に言われる時代になっても、多くの独身女性は、恋愛や結婚を人生の中心から外すことができずにいる。

結婚しない女性を、人生の落伍者《らくご》、女としてだめだった人と思っている。

でも、私には、結婚しているかどうかがその女性の人生の良し悪しを計るものとは、どうしても思えなかった。

恋愛や結婚も大事だけれど、それが人生において最も重要で優先すべきもの、それがその人の価値を決めるものだという考えには馴染《なじ》めなかった。

そんなことを考えるようになっていた頃、別の部署で長年営業事務として働いていた山口《やまぐち》さんの退職を知った。

がっちりとした体型でお洒落《しゃれ》という言葉からは遠く、なんとなくおばちゃん気質だったこともあって、四十三歳で未婚の山口さんを同期の女性たちは笑いの種にして、「ああはなりたくない」とこっそり言い合っていた。

けれど、会社で仕事を通して見る山口さんは、みんなから頼りにされ、きっちりと仕事をこなし、余計なことを言わずいつも笑顔で、そして定時に帰って行く人だった。

退職の日、ロッカールームで片づけをしていた山口さんに、私は最後の挨拶《あいさつ》をした。

新入社員だった頃、いろいろお世話になった。

そのことにお礼を言いたかった。

「まぁ、ありがとう。そんなこと、わざわざ言ってくれる人は、そうはいないからうれしいなぁ」

山口さんは、大きな身体を揺らして、声をたてて笑った。

そして、手にしたバッグから雑誌を取り出し、私の前にそれを開いた。

そこには、山口さんの写真が大きく掲載されていた。

驚いて実物と雑誌を交互に見る私に、山口さんは愉快そうな表情を向けた。

「私ね、この隣に写っている人と、代官山《だいかんやま》にお店出すことになったの。編み物の」

そう言って、山口さんは写真を指差した。

「彼女とは、会社のあとに通っていた編み物の学校で知り合ったの。私、編み物が好きで、学校通って教える資格も取ったし、休暇のたびに、ラトビアとかフィンランドとか、編み物の盛んな国に行っていろいろ勉強していたんだ。彼女も同じで、今度、自分のお店を持つことになって、それで私にも声かけてくれたの」

雑誌の写真で、山口さんの隣に映っている女性を見る。

そこには、眼鏡をかけたショートカットの、やはり山口さんと同じくらいの年齢の女性が笑顔で写っていた。

「小さなお店だけど、外国の毛糸を扱ったり、ワークショップやったりするの。編み物仲間が編み子になってくれるので、いろいろなブランドのニットの受注とかも受けることになってるのよ。高村さんもよかったら遊びにきて」

そう言って、山口さんはまたバッグの中に手をいれ、お店のカードを差し出した。

柔らかなベージュの色の紙に、編み物の絵柄がプリントされたかわいいカードだった。

「編み物が仕事になるなんて考えてもいなかったけれど、この会社にいても、仕事が変わるわけじゃないし、お給料がよくなるわけでもないでしょ。安定はしているけど、将来どうなるんだろうなぁって漠然と思ってたのね。でもまぁ、一度しかない人生だし、チャンスがあるなら好きなことやったほうがいいじゃない？　この会社では私なんて、高村さんみたいな若い世代からは、ばばぁ呼ばわりされるだけの存在になっちゃったし、このままいけば、本当にただのばばぁになっていくだけで、それってなんか面白くないから」

山口さんは知っていた。

若い世代の女性たちの多くが、彼女のことをそういう目で見ていたことを。

「この会社の人たちに話しても、たぶんみんな理解できないと思うし、下手すると止められたり、変な噂まかれたりして面倒くさいから、この話は課長にしかしてないの。だからナイショね」

「課長はなんて？」

「私がいなくなると、いろいろ大変になるなって言ってた。自営って何が起こるかわからないから心配だけど、山口さんなら大丈夫だよねって言ってくれた」

そう言って山口さんは微笑んだ。


その時の山口さんの姿が、今、私の前にいる金井さんに重なる。

「結婚と恋愛だけが、女の生き方じゃないからね」と、山口さんが別れ際に言った言葉がよみがえる。

「まだ、外資系企業で働いた経験は浅いので、足りないところもたくさんあると思いますが、がんばります」

金井さんは私をまっすぐ見つめ、「誰にでも最初はありますから。大事なのは、がんばろうって思う気持ちだと思います」と言った。

「人事からは何かありますか？」

金井さんが隣の江口さんに尋ねると、江口さんは「いいえ、私からはとくにありません」と、無表情で答えた。

顔合わせは二十分ほどで終わった。

一階のエントランスに戻り、「いかがでしたか?」と田丸さんが訊いた。

「金井さん、とても素敵な方でした。面談なのにいろいろ励ましていただいて。金井さんの秘書として働けたら、とてもうれしいです」

「決まるといいですね。お仕事内容も、高村さんが希望されているものに近いですし、モンゴメリーで秘書をやった経験があれば、次への大きなステップになりますから」

そして次の日、モンゴメリー生命での私の仕事が決まった。

初出社の日、人事部で必要な手続きを終えた後、人事に連れられて二十四階にあるIT部門へと向かい、窓際にある金井さんの個室へ向かった。

黒いスーツに身を包んだ金井さんは、私の姿を見ると立ち上がり、「ああ、やっといらしたのね。お待ちしてました」と迎えいれてくれた。

金井さんのデスクの前に座ると、思わず、金井さんの艶《つや》やかな深紅のルージュに見とれる。

「いろんな方が面接にきてくださったけれど、高村さんにいちばんやる気を感じたので、来ていただくことにしました」

「うれしいです、がんばりますので、よろしくお願いします」

「前任の秘書がけっこういい加減な人で、突然辞めてしまって困っていたんです。引継ぎは、他のアドミ（事務アシスタント）の人にお願いしていますから」

金井さんの部屋の前にあるデスクに座ると、メガネをかけた女性がいきなり私の横に立って「アドミの佐竹《さたけ》です」と言った。

挨拶しようとした私を佐竹さんは無視して、「私が引継ぎすることになったんで」と無愛想に言うと、いきなり仕事の話を始めた。

「金井さんのスケジュールは、すべてOutlookで管理されていますのでそちらで見てください。うちの会社は、ワークフロムホームという自宅勤務の日が社員全員に週二日あります。その時の会議などの手配は、気を付けるように」

慌ててノートを取り出して、言われたことをそこに書きこむ私に、佐竹さんは冷たい視線を向けた。

「やっていただくのは、スケジュール管理と会議のセッティング、会議資料作成が主です。資料の作成は多いと思います。マンスリーとウィークリーで、データ集計もあります。あとは、随時金井さんから頼まれるものがあるので、適宜、対応してください」

佐竹さんが一枚の紙を取り出す。

「これ、IT部門の座席表です。アドミは私の他に、マタニティリーブ（出産育児休暇）のカバーで来ていただいている派遣の東《ひがし》さんがいます」

そう言いながら、佐竹さんはインターネットの画面を開く。

「これがうちのイントラです。社内の情報も全部ここにはいってますので、時間のある時に見ておいてください。組織図に、金井さんに関わる人たちの名前も全部出てますから」

それからおもむろに一冊のファイルをデスクの上にぽんと置いた。

「前任の秘書が作った引継ぎ書です。あとはこれを見ながらやってください。細かいことは、高村さんの後ろの席のコーディネーターの小田《おだ》さんが詳細をご存知です。私よりよく知ってると思うんで、何か聞きたいことがあれば、彼に聞いたほうが早いですよ」

言うが早いか、佐竹さんはあっという間にその場を離れ、自分のデスクに戻ってしまった。

あっけにとられた私はひとり、デスクに取り残された。

言いたいことだけ言って終わりで、電話の転送の仕方すら教えてもらっていない。

周囲を見渡したが、みんな私のことなど気にとめる様子もなく、自分の仕事に集中している。

仕方なく渡されたファイルを開くと、項目別に業務内容と手順が書かれていて、丁寧でわかりやすい説明が並んでいた。所々にURLの記載がある。

「その引継ぎ書、データであるんで、そっち見れば、そこから直接リンクで飛べるようになってます」

突然頭の上から降ってきた声に振り返って見上げると、ちょうど私の肩くらいまであるパーテーションの上から、男の人がひょこんと頭を出していた。

「コーディネーターの小田です。よろしく。たぶん部内では、僕がいちばん高村さんと関わると思います」

そう自己紹介してくれた小田さんは、ずんぐりとした体型で、寝癖なのか、髪がちょろんと横に立ったオタクちっくな人だった。

チェックのシャツにカーキ色のパンツを穿《は》いていて、服装は普通だけれど、外資系企業で働く人というよりは、ネットニュースによくあがっている、オタクイベントに参加している人という感じだ。

私の横に立った小田さんは、佐竹さんの渡してくれた座席表に、カラーペンでマーキングを始めた。

「ここがアプリケーションチーム、このへんがテクニカルサポートです。ここは全員、別会社から派遣されてきている人たち。こっちがネットワークチームで、ここがITマーケティング。高村さんが直接関わる人は、随時僕から紹介しますんで。とりあえず引継ぎ書読んでもらいながら、仕事始めてもらう形でお願いします」

金井さんには、引継ぎは佐竹さんと言われたが、どう考えても小田さんに聞いた方がいいのは間違いない。

午前中は引継ぎ書のファイルを読んでいるうちに終わり、ランチタイムになった。

トランスバイルでは好きな時間に自由にお昼に出ていたけれど、モンゴメリーは基本十二時からのようで、みんなそれぞれデスクでお弁当を広げたり、席を立ってどこかに出て行く。

どうしようかと思っていたら、派遣の東さんがやってきて、「派遣仲間でいっしょに食べてるんですけど、よかったらごいっしょしませんか?」と誘ってくれた。

東さんに教えてもらった会社近くのコンビニでお弁当を買い、そのまま教えられていた別のフロアにあるリフレッシュルームに向かうと、窓から気持ちのよい光が差し込む広い部屋で、集まった人たちがそれぞれランチを広げていた。

そのいちばん奥のソファに、東さんたちは座っていた。

「こちらが経理の長谷部《はせべ》沙理奈《さりな》さん、こっちが法人営業のアドミをやっている法月《ほうづき》ひとみさん」

沙理奈さんは三十代前半のほっそりとした、モデルかと思うようなきれいな人で、ひとみさんは三十代後半の、ふっくらとした落ち着いた雰囲気の人だった。

「貴美子さん、ここ服装規定ゆるいから、スーツじゃなくても大丈夫よ」

唐突に名前で呼ばれて驚いたが、東さんも、ここでは奈美子《なみこ》さんと呼ばれている。

「貴美子さんは、前はどこにいたの? ずっと派遣?」

サンドイッチを頬張りながら、奈美子さんが私に尋ねたので、これまでのことを話すと、三人も自分たちの経歴を話してくれた。

奈美子さんは日本企業を退職した後、派遣で働き始めて二年目でここが二社目。ひとみさんは外資系企業をレイオフになったあと、三年派遣で働いており、沙理奈さんは結婚してから六年ずっと派遣だと言った。

「私、子供いるし、家の事情もあるから、派遣の方がいいんだよね」

「もうお子さんいらっしゃるんですか！」驚く私に、「私、高卒で就職して、結婚も早かったから」と、沙理奈さんがあっさり答えた。

「共働きしないとやっていかれなくて、簿記の勉強して、ずっと経理の仕事を派遣でやってるんだ」

　ひとみさんと奈美子さんは、派遣で仕事をしながら、正社員のポジションを探しているらしい。

「私も正社員で働きたかったんですけど、外資系企業での経験がほとんどないので、最初は派遣でって勧められたんです」

「どこのエージェント？」と尋ねた奈美子さんにゴードン・ジャパンの名前を告げると、

「あそこ、しっかりしてるって評判だもんね」とみんなが口を揃えた。

「今度、よかったら担当者、紹介してもらってもいい？」

　そう言うひとみさんに、どう答えていいかわからずにいると、奈美子さんが「派遣同士でエージェント情報交換して、紹介しあうって普通にあるよ。いろいろなエージェントに複数登録しておいたほうが、自分にもメリット大きいし」と教えてくれた。

　奈美子さんは日系会社から、ひとみさんは私と同じ米系の会社、沙理奈さんは、経理専門の派遣会社から来ているという。

派遣社員も外資系企業も初心者の私と、すでに経験のある奈美子さんたちで同じ派遣ってどういう契約内容の違いがあるのだろうと思って、「みなさんはどんな契約内容なんですか?」と尋ねると、みんなの表情が硬くなった。

「貴美子さん、派遣同士、そういう話はしないの。派遣会社によって条件違うから」

「外資系は、社員同士でも給与や待遇の話は厳禁だよ。同じ部の社員でも、入社時期やその時の状況で、同じ仕事していても給与や待遇が全然違うってケースもあるし、ボーナスの額とかそういうのは、お互いに言わないのが暗黙の了解だから」

「営業はインセンティブあるから、余計にお金の話はタブーだしね」と、奈美子さんと沙理奈さんの言葉に、ひとみさんが付け加える。

インセンティブとは報酬金のことで、営業はその成績によって特別報酬が、年収とは別途に支払われる。日本企業は一律給与体系が決まっていて、社内にもそれが公表されているけれど、外資系企業ではまったく違うということだった。

「教えてくれてありがとうございます、知らないでいたら、ちょっとまずかったですね」

「初めてなんて、そんなもんだよ。そういう、なんとなくわからないことがあったら、いつでも聞いてくれればいいよ」

沙理奈さんがそう言って、おにぎりを口にした。

「もっともこの会社、あんまり外資って感じないけどね」

「でも外国人も多いって聞きました。英語も使うって、ゴードンの人が言ってましたけど」

そう返すと、ひとみさんが「物理的にはそうだけど、カルチャーや考え方とかそういうのは、そこいらの日本企業よりベタなところ多いと思う」と続ける。

「うちの部は、毎週月曜日に朝礼なんてやってるし。本部長が挨拶《あいさつ》するんだけど、起立して最敬礼で聞いている人もいて、上下関係にやたらとうるさい会社って感じ」

ひとみさんはここに来る前は、長くイギリス系企業で働き、そこをレイオフされた後は、フランス系のファッションブランドの会社でも働いたことがあるとのことだった。

お昼休みが終わり、席に戻る途中で奈美子さんが「私も来たばかりだからなんだけど、わからないことがあったら、いつでも聞いてね」と声を掛けてくれた。

佐竹さんからのあからさまの冷たい態度に戸惑いと不安を感じていたけれど、小田さんも、派遣仲間の三人も感じが良い人たちでよかったと、ほっとした。

デスクに戻った私は、再び引継ぎ書を開いて読み始める。

そんなふうにして、モンゴメリー生命での仕事が始まった。

地方での公開ダンスレッスンからトモが戻ったので、私たちは久しぶりにいっしょに夕食を囲んだ。

地方では、有名なダンサーや講師のダンスレッスンを受ける機会が少ないこともあって、トモが所属するスタジオで開催する公開レッスンには、たくさんの子供たちが集まる。

才能があると見込まれた子供には、仕事が持ち込まれることもあって、レッスンは各地で好評だとトモが話してくれた。

「都会でダンス習ってる子たちよりいろいろな機会が少ない分、熱量がすごいんだよ。全部吸収してやろうっていう強い意志が感じられて、すごく良いエネルギーもらえるんだ」

トモがうれしそうに言った。

私は、モンゴメリー生命での仕事と金井さんのことを話した。

「金井さん、ご主人の転勤で二年、アメリカにいたんだって。その時、このまま自分は誰かの奥さんって立場で一生終わるのは違うって思って、一念発起してアメリカの大学に行って、帰国した後、仕事に戻ったの」

金井さんのご主人は、大学に進学した金井さんを残して帰国。その後、ふたりは離婚した。

「専業主婦でいてほしかった彼とは、もう意見が合わなくなっていたから、仕方なかったのよね」

残念だったけど後悔してないわと、金井さんは笑っていた。

「なんていうかさ、やっぱり全然違うんだよね、日本の会社とは。女性でも営業や技術の仕事してる人がたくさんいて、男の人たちと変わりなく働いているし、男の人に気に入られるようにしなきゃ！　なんて感じも全然ないの。男性もそういう目で女性を見ていないしさ。モンゴメリーで働くようになって、日本ってほんと、だめだって、あらためて感じるんだ」

熱を帯びる私を見ながら、トモは買ってきたお寿司《すし》を手にとって口にいれた。

「やっぱりさ、狭い日本にいて、それで満足してちゃだめなんだよ。外国行っていろいろなもの見るのって大事だし、英語できる人とそうじゃない人の差って、あると思う」

「へぇ……」

前のめりに話す私に、トモは気のない返事を返した。

「何、その返事。トモだって、ニューヨークやロスにダンスのレッスン受けに行ったりしてたんだから、そういうの、わかるでしょ？」

「悪いけど、全然わかんない。私、そういうこと言う奴ら、超馬鹿にしてるから、貴美がそういう奴らと同じこと言ってるって、今、すっごいがっかりしてるとこ」

冷たく厳しい言葉にひるんだ私に、トモは容赦なく言葉を投げつけた。

「いるんだよね、あっちで有名な先生のレッスン受けたり、地元のダンサーたちと関わりできたりすると、日本はだめだとか、やっぱり本場でやらないととか言いだす奴。超ダサい」

「……何、ダサいって、失礼じゃん」

反論しようとした私をトモの冷たい視線が射貫《いぬ》く。

「ダサいじゃん。ちょっとばかし外国行って、ちょっとばかり英語できるようになったからって、自分は違うみたいなこと言っちゃってさ」

「ちょっとばかりじゃないよ。ちゃんと英語、できるようになったし！」

「何言ってんの？　鈴木さんとの面談で、英語できなかったって泣いてたの、ついこの間のことじゃん」

思わず口をつぐむと、トモはもう一度「超ダサい」と、憎々し気に言った。

「ニューヨークのスタジオでレッスン受けて、それでいい気になっちゃう奴とか、たくさんいる。ちょっとばかりレッスン受けたからって、いきなり一流のダンサーと同じな気分になるとかさ。スラング混じりの英語とか使って、やっぱりアメリカは違うよとか言っちゃうの。馬鹿かって」

日本酒を飲んで少し酔っているとはいえ、トモの言葉のきつさはいつもとは違う。

「そんな言い方しなくたっていいじゃん」

反論すると、トモが吐き捨てるように言った。

「今の貴美、ニューヨークから帰ってきた時の自分見てるみたいでムカつくんだよ」

何を言われたのか理解できずにいる私の前で、トモは持っていたグラスをどん！　とテーブルにたたきつけるようにして置いた。

「三ケ月、ニューヨークでレッスン終えた後の私とか、いっしょにレッスン受けてた仲間とか、今の貴美みたいになってた。慣れない英語でレッスン受けるのは大変だったし、レッスンそのものも、ものすごく厳しかったから、それをやり遂げて、先生や他の生徒たちともうまくやれるようになってたことに、すっごい充実感あったこともあると思う」

小さな声でトモはそう言った。

「その時の先生が、一ケ月後に公開レッスンで日本に来たの。有名な先生だから、日本中からダンスやってる人が集まったんだ」

先生と顔なじみだったトモたちは、久しぶり！　と英語で挨拶を交わして、自分たちは他の人たちとは違うと、ちょっといい気になっていた。

ところが、踊りだした途端、トモたちの立場は一転した。

「集まったのは技術が高い才能のある人たちばかりで、私なんて、君、ニューヨークで先生のレッスン受けてきたんだよね？　って笑われるかと思うくらい、お粗末だった」

呆然《ぼうぜん》としてスタジオに立ち尽くしたトモの前で、スタジオの隅に立ってレッスンを見ていた男性が、踊っていた中のひとりの男性に声をかけた。

「その人、演出家だったんだ。声をかけられた人は、名古屋《なごや》出身で、高校卒業した後、ずっとバイトしながら地元でダンスやってるって人だった。演出家は、彼にニューヨークで踊る気があるなら、ぜひ連絡をくれって名刺を渡したの」

名古屋の彼は大喜びしていたと、トモはうつむいた。

「その人、東京だってレッスン受けに何度か来たくらいで、外国なんて行ったことないって言ってた。英語なんて、もちろん全然できなかったよ。でも私、その人見てて、泣いちゃった。あまりにも馬鹿だった自分に泣けたよ」

彼はその後、お金を工面してニューヨークに渡った。

「ちょっとばかり、外国行って経験したからって、日本だめとか言い出したり、自分は違うみたいに言う方が愚かしいことだって、その時気がついた。貴美だって、ゴードンの鈴木さんに、長谷川電気工業で働いた経験が大事って言われてたじゃん」

トモは厳しい口調で続ける。

「長谷川電気工業のこと、だめだったみたいに言うけど、今、貴美がちゃんと仕事できるのはその経験があるからだし、そこでできた貯金でアメリカ留学だってできたわけでしょ？　楽しいことだって良いことだって、たくさんあったでしょ？」

トモの言葉に、長谷川電気工業での経験が次々と思い出される。

失敗して叱られたこと、その後の飲み会で先輩に励まされたこと、遅い残業になってしまっていたら、自分の仕事は終わったのにいっしょに残ってくれた隣の部署の課長、みんなでやり遂げた仕事、お世話になった先輩の結婚式――。

「日本にもアメリカにも、他の国にも、いいところとだめなところとあるんだよ」

トモはイスの背もたれに寄りかかり、大きく両手を広げた。

「外国行ったことを特別って思ってる時点で、そういう自分はまだまだ小さいってこと」

「……でも、やっぱり全然違うんだよ。金井さんといろいろ話すと、本当に全然違うって思うんだ。仕事とか自立とか、ちゃんと考えているんだよ。そういう人、長谷川電気工業にはいなかったし、私の考えていることとかも、ちゃんとわかってくれるんだ……トモは会社勤めしたことないからわからないかもしれないけど、みんなの考え方や働き方とか、全然違うしさ」

　モンゴメリー生命で感じたことをなんとか伝えたいと思う私を、トモはしばらく見つめていたが、そのまま何も言わずにテレビのスイッチをいれた。

バラエティ番組の、嘘くさい笑い声が部屋中に響き渡る。

トモが残したお寿司といっしょに、私はテーブルにぽつんと取り残された。


　入社して十日ほどたった頃、小田さんが「これも、高村さんの仕事になるんで」と、書類を持ってデスクにやってきた。

「マンスリーレポートです。新規契約件数、WEBやアプリの使用状況、トラブル件数、それぞれのプロジェクトの進捗《しんちょく》状況です。各チームから上がってきたものを、こちらでまとめます」

　そう言って、小田さんは私の横に立ち、画面にそのデータを出して説明を始めた。

「ここは、グラフの裏にマクロが設定されているので、数字を入れ替えてくれればいいです。こっちはコピペでかまいません」

「こっちの項目は担当者がいます。アップデイトは彼らがやるので、高村さんはそれを確認してください」

「全部上がったら、日付を変えて僕に送ってください。僕が最終チェックして、金井さんと各チームのリーダーに送ります」

小田さんの説明は明快でわかりやすい。

いっしょに仕事をしてみると、きちんとした感じのよい人だということもわかってきた。

ランチの時にそれを話すと、奈美子さんが「小田さん、どっちかっていうと、初対面での印象良い方じゃないもんね」と笑った。

「そうなの、でも良い人だってわかって、安心してる」

「仕事するのに、良い人とか嫌な人とかって関係あるかな？」

笑っていた私に、ひとみさんが鋭い言葉を投げてきた。

「嫌な人よりは、良い人のほうが、普通よくない？」

沙理奈さんが返すと、「私はそれより、信頼できるかどうかの方が大事だと思うんだけどな」とひとみさんが応じた。

「信頼できるかどうかなんて、それこそ、判断難しくない？　すぐにはわからないし」

奈美子さんが疑問を呈すと、ひとみさんは少し難しい顔をした。

「仕事きちんとしていることがまず大事で、仕事しやすいってのは重要だけど、その人が人間として信頼できるかってのは、それとは別に大事なことだと思うんだよね」

「だったら小田さんはきちんと仕事する人だから、信頼できるって中にはいると思うけどな」

「まぁ、そうだけど」とひとみさんは少しの間、考えてから言った。

「IT部ではどうだかわからないけど、うちの部では小田さん、あくまでも自分のために仕事してる人って印象もたれてるよ。きちんと仕事するし、ちゃんと責務も果たしてるけど、誰かのためにやるとか、みんなのためとか、そういう部分はないから、何か彼にとって不都合なことがあれば、ばっさり切り捨てられるってこっちではみんな思ってる」

「でも、ちゃんと仕事してるなら、別にそれでもよくない？」

いつもさっぱりと割り切った考えをする沙理奈さんが切り返す。

「悪くはないけど、うちの部署ではそれやられて困ったことになった人いるし、そっちの都合ではそうかもしれないけど、全体としてそれはどうよ？　みたいなこともよくあるみたい」

奈美子さんと私で、思わず顔を見合わせる。

「小田さんからは、そういうの、想像できないけど……」

「少なくともうちの部では、小田さんが関わる時は細心の注意はらうようにって、暗黙の了解があるよ。違う部署だからってことかもしれないけど」

デスクに戻る途中、奈美子さんが「ひとみさん、ああは言っていたけれど、私はその人がいい人かどうかって大事なことだと思う。だって、嫌な人とか感じの悪い人だと、仕事やりにくいし」とさっきの話を蒸し返した。

「そういう意味では、私は小田さんのこと、良い人って思ってるんだけどな」

「私もそうだよ。仕事でわからないことがあったら、佐竹さんに聞くより小田さんに聞いたほうがいいって思ってるもの」

そう言うと、奈美子さんが「だよね」と笑った。

「でも小田さん、他の部署ではあまり評判よくないみたいだね」

「別にいいんじゃない？」

奈美子さんがあっけらかんと答えた。

「IT部のために仕事していたら、他部署からはネガティブに思われることもあるかもしれないし。少なくとも私たちには良い人なんだから、それで十分と私は思う」

そうだねぇ……と答えながら、自分はどこまで小田さんのことがわかっているのかなと、ふと思った。

私が知る小田さんは丁寧で優しく、きちんと仕事をする、頼りになる人だ。

ひとみさんの言葉は私の中に小さな影を落としたが、それでも私の中の小田さんの印象が変わることにはならなかった。

電話を取るのにも慣れてきた頃、金井さんから「お願いしたいことがあるので、ちょっと来てくださる?」と声をかけられた。

部屋にはいると、小さな紙でいっぱいにふくらみきったクリアフォルダーを渡された。

「経費精算、お願いしたいの。前の秘書の人がほったらかして辞めちゃったから溜《た》まっちゃって。ちょっと量多いけど、よろしくね」

デスクに戻ってイントラから Expense（経費精算）の画面を開き、それからクリアフォルダーにみっちり詰まった領収書をデスクに広げ、日付順に仕分けを始めた。

本当にすごい量だ。

二ヶ月分と言ったけれど、もっと前の日付のものもあって、中には四ヶ月前のものまである。

なんとか仕分けを終えて、ひとつひとつイントラの経費精算に入力を始めてはみたものの、相手先の会社名も、参加した人の名前も書かれていない会食の領収書で作業が止まる。

「すみません、この会食はどちらの会社のどなたとお食事されましたか?」

部屋でキィボードを叩《たた》いていた金井さんに声をかけると、金井さんは私が差し出した領収書を見て、「あぁ、えぇっと、あ、AATの山本《やまもと》さんにしておいて」と言った。

しっくりこない気持ちで席に戻り、入力作業を再開するが、その後も、使用目的や同伴者がわからないものが次々出てきた。

行先のわからないタクシーの領収書も複数あったが、スケジュールで確認しても、その日の外出や会議に該当するものはなかった。中には、ワークフロムホームの日付のものまである。

何度も似たようなことを金井さんに聞くのは躊躇《ためら》われたけれど、それがわからなければ経費精算はできない。

私はやむをえず、それらをまとめて金井さんのところに持っていった。

金井さんはそれをしばらく見つめ、そして言った。

「食事の方は全部、AATの山本さんか、原《はら》コーポレーションの野間《のま》さんってことにしておいてちょうだい。タクシーは全部、会社から自宅まででいいわ」

いくら経験の浅い私でも、それがいい加減なことくらいはわかる。

嘘を書くのも躊躇われ、どうすればよいか考えあぐねて、私は佐竹さんのところに行った。

「本人がそうしてくれって言ってるんだから、それでいいんじゃないですか？」

領収書をちらっと横目で見た佐竹さんが言った。

でも……と口を開きかけた私に、佐竹さんが面倒くさそうに言葉を放った。

「上司がそう言ってるんだから、そうやるのが秘書の仕事でしょ？　私が何かここで言って、私の言う通りにしたとか後で言われて責任問われても迷惑だし、それくらい自分で考えてください」

そんなことを言いたかったわけじゃない、と、言いそうになった自分を抑えた。

結局、私は金井さんの言うとおりの内容で、すべてを処理した。

終わってみると、記載のない会食の領収書は七枚あった。不明瞭《ふめいりょう》なタクシーの領収書も、十枚を軽く超えている。会社から自宅までにしておいてと言われたけれど、それぞれ金額が違っていた。

合計で八十万を少し超えた経費精算のほとんどは食事代とタクシー代だったが、領収書に書かれた内容は、スケジュールと異なるものが多かった。

何か、悪いことの片棒をかつがされているような、そんな嫌な気持ちになった。

でも、上司である金井さんがそうだと言う以上、佐竹さんが言うように、その通りに処理するしかない。

私は躊躇いながらも、承認にまわすボタンを押した。


次の日、事件が起こった。

朝十時、オフィス内に小さなアラーム音がしたと同時にWEBチーム全員が騒然となった。

あっちでもこっちでもみんなが立ち上がり、走り回り、大声で何かを言い合い、立ったまま何やら話し合いを始める。

「小田さん、ネットワークが落ちました。最初に大阪のライフプランナーから、契約途中にタブレット端末がつながらないと連絡がきたんですが、代理店の方からもWEBにつながらないと報告がきてます」

ネットワークチームのリーダー日高《ひだか》さんが、固い表情で小田さんに告げた。

「インドには連絡した？」

落ち着いた声で小田さんが尋ねると、「今、多摩《たま》さんと川崎《かわさき》さんが向こうと話してます」と日高さんが答える。

「代理店とライフプランナーの人たちには、とりあえず紙対応してもらうように連絡してください。WEBチームにもそれを伝えて。僕はカストマーサービスに連絡いれます」

日高さんが離れると、すぐさま小田さんが受話器を手にする。

周囲では、みんなの大声が飛び交っている。

「サーバではなく、ケーブルだという報告がきました」

「状況全部、ホワイトボードに書いて！」

「カストマーサービスから、どのくらいで復旧するのか教えてほしいと連絡はいってます」

「ライフプランナーから、契約手続きができないと、がんがんクレームはいってます」

「インドでも今、調査中だそうです」

鳴り響く電話の音、みんなの大声、走り回る人々で、フロア全体がとんでもない状態になった。

金井さんは、ワークフロムホームで今日は会社に来ていない。

みんなが焦り、混乱する中、小田さんはいつもと変わらぬ飄々《ひょうひょう》とした様子で、ひとり落ち着いていた。

「あの、何かお手伝いできることあったら、言ってください」

真剣な表情でデータを見ていた小田さんが顔を上げた。

「ああ、じゃあ、この件以外で僕にかかってくる電話、出てもらっていいですか？　これが終わるまで、僕、対応できないんで。はいってる会議も、全部キャンセルしてください」

昼休みの時間になっても、騒ぎはおさまらなかった。

電話の音とアラーム音の中、対応に追われている。

そして午後三時を過ぎた頃、唐突に事態は収束した。

対応にあたっていた人たちが虚脱したようにデスクに座り込み、オフィス内もいっきに静かになる。

「あれ？　小田さん、いない？」

日高さんが小田さんのデスクを覗き込んでいた。

「小田さん、少し前に、お昼食べに行かれました」と告げると、日高さんが「そっかぁ、まぁ、今食べないと、いつ食えるかわからないからなぁ」と頭を掻《か》く。

「大変でしたね」と顔を向けると、日高さんが私のデスクの横に立った。

「昨年、サーバとケーブル、ロシアの会社からインドの会社に変わったんですよ。経費削減の一環ってことで。僕らITみんなで大反対だったんですが、案の定、それからトラブル続きで。安かろう悪かろうでね。最初っからわかってたことで、しかも結局僕らが後始末させられることになっちゃうから」

「でも、とりあえず戻ってよかったですよね」

そう言った私に、日高さんが「いやいや、まだまだですよ」と不吉なことを言う。

「これからネットワークチームは事後対応ありますし、小田さんはレポートを上と本国に出さないとならないから、深夜まで仕事です。見た目にはなかなかわかりにくいけど、こういうトラブルで出る損害って、馬鹿にならないんで」

それからしばらくして姿を現した小田さんは、何も言わずに仕事に戻った。

冷静、というよりは、動じていないという表現が当てはまる。

定時になり、「気にせず帰ってください」と言ってくれた小田さんを残し、私は会社を出た。

オフィスを出る扉の横で、日高さんがアプリケーションチームの真鍋《まなべ》さんと話しているのが聞こえた。

「まったくさぁ、保険会社がサーバとネットワークをケチって貧相な装備してるって、話にならないよなぁ。顧客大事って言いながら、それで契約滞ったり支払いできなくなったりって、ありえないだろ？　絶対に起こしちゃいけないトラブルなのに、何やってんだか。そもそもうちの部のトップがあんなんでさ。今日だって、どうせ仕事放り出して、どっか遊びに行ってんだろ？」

扉が閉まる瞬間、真鍋さんの声が聞こえた。

「上は見てみぬ振りしてるけど、いつ、何が起きてもおかしくないよな。小田さんがいなかったらここ、機能しないぜ？」

次の日の朝。

いつもなら前日の深夜の電話会議を理由に十時頃に出社してくる金井さんが、定時の九時に会社に来た。

そして、私の顔を見るなり、「小田さんは？」と厳しい表情で訊《たず》ねた。

「あの……まだ、来ておられないようです」

いつも定時前には出社している小田さんが、今日はまだ来ていない。

「出社したら、すぐに部屋に来るように言って」

吐き捨てるようにしてそう言うと、金井さんは自分の部屋に入っていった。

その扉が閉まったのと同時に、ＰＣの画面にＰＯＰが立ち上がる。

奈美子さんからのチャットメッセージだった。

『小田さん、昨日深夜近くまで仕事して、その後、自宅で本国と電話会議してたそうだから、今日、遅い出社になると思うよ』


十一時、小田さんが出社してきた。

相当疲れているのは、その表情ですぐにわかった。

「あの、小田さん、金井さんが待ってます」

挨拶《あいさつ》もそこそこに伝えると、小田さんがああ……みたいな顔をしてから、荷物をデスクに置いて、そのまま金井さんの部屋に向かった。

「何やってるのよ！　またトラブルって、上から責められるのは私なのよ。わかってるの？　対応しましたって、それが仕事なんだから、やって当たり前じゃないの！」

突然響き渡ったのは、ヒステリックな金切り声だった。

「何回トラブル起こせば気が済むのよ！　馬鹿としか言いようがない！　まったくこの部署は馬鹿ばっかり！」

なぜ、金井さんがそんな言い方をするのか、理解できなかった。

トラブルは小田さんが起こしたものじゃないし、日高さんははっきりと設備の問題だと言っていた。

小田さんが対応に奔走して、深夜まで仕事していたこともみんな知ってる。

ワークフロムホームでオフィスにいなかった金井さんがそれを知らないのはやむをえないにしても、小田さん個人を叱責《しっせき》して責任を問うような問題じゃない。

「あなたはいったい何のためにここにいるのよ！　お飾りでいるわけじゃないでしょ？　へらへら笑って座ってるだけで、トラブルが起きてからがんばったって、意味ないのよ！」

起きていることが理解できず、思わずオフィス内を見渡して、愕然《がくぜん》とした。

誰ひとり、金井さんのヒステリックな怒号に反応していない。

みんな、淡々と仕事をしている。

金井さんの金切り声なんて聞こえてもいないかのように、何事も起きていないかのように、いつもと同じように仕事をしている。

金井さんの声が私にだけしか聞こえていないのかと一瞬錯覚するほど、オフィスの様子に変化はなかった。

何も起きていない、おかしいことなんて何もない。

みんなの表情がそう言っているかのように見える。

怒鳴り散らす金井さんの前に立つ小田さんは、何も反応せず、何ひとつ言葉を返さず、ただ金井さんの怒号を浴びている。

あまりのことに耐え切れず、私は席を立ってトイレに駆け込んだ。

おかしい。

た。
何かとてもおかしい。
そもそも、会社の中であんなふうに怒鳴り散らす人なんて、今まで見たことがなかっ
少ししてオフィスに戻ると、小田さんもデスクに戻って仕事を始めていた。
「あの……大丈夫ですか？」
恐る恐る声をかけると、小田さんがもそりと顔を上げた。
疲れ切った顔だった。
「……何がですか？」
予想もしていなかった返事にどう対応していいかわからず戸惑う私を小田さんはしば
し見つめ、そして、いつもと同じように穏やかに言った。
「昨日の件で今日の十四時にミーティングするので、場所取って各チームのリーダーと
金井さんにインビテーション出しておいてもらえますか？」
自分のデスクに戻った私は、ＰＣの画面を見つめた。
なんとも言い難い違和感が自分の中でぐるぐる回っていて、気持ち悪い。
あのトラブルも、金井さんの怒鳴り声も、不当に叱責された小田さんも、ここの人た
ちにとっては、驚くようなことじゃないのだろうか。
あれを異様に感じたのも、私だけなのだろうか。
顔を上げて、もう一度オフィスを見渡すと、いつもと同じ様子のオフィスがそこにあ

った。

それが、とても恐ろしく感じられた。

金曜日の夜、佐田君と青山《あおやま》のレストランで会った。

久しぶりにかかってきた電話で、佐田君はちょっと照れ臭そうに「今、僕、ひとり暮らしだから、たまにはおいしい飯食べたいんだけど、ひとりだと行きにくいから付き合って」と誘ってくれた。

佐田君が指定したのは、こぢんまりとしたイタリアンレストランだった。

「よく知ってるね、こんなお店」

「せっかく女の子とご飯なんだから、そりゃ、それなりの店探すよ」

どきんと心臓が高鳴った。

「じゃあ佐田君、新しいプロジェクトチームのひとりに選ばれるかもしれないんだ？」

「課長からはほぼ決まりって言われてるからね。期間限定の仕事だけど、会社としては新しい挑戦って言ってるし、すごくやりがいあると思う。評価にもつながるしね」

そう言って、佐田君はビールをあおるようにして飲んだ。

私が会社にいた時から、佐田君は女の子たちから〝有望株〟と言われている男性陣の中のひとりだった。

真面目で、上司や先輩にもかわいがられていたこともあるけれど、それだけじゃない。

地方出身の三男坊、有名大学を卒業していて、見た目に派手さはないけれど性格は穏やかで優しい。

長く付き合っている彼女がいたのをみんな知っていたからアプローチする人はいなかったけれど、女性の間では人気があった。

近況を話し終えた佐田君が、「高村はどう？　新しい会社はどんな感じなの？」と聞いてきた。

日本企業とは違う仕事のやり方、英語のメールや電話でのやりとり、シンガポールのIT部門の秘書とオンラインで顔を見ながら打ち合わせしたことや、世界中にいる社員とチャットで連絡を取り合うこと、社員は自宅勤務が週二日あることなどなど、新しい体験を面白おかしく話す。

金井さんともうまくいっていた。

小田さんには相変わらず厳しい金井さんだが、私には一度も声を荒げたことはないし、ふたりでたまに仕事以外の話をすることもある。

でも、見てみないふり、気づかないでいようとしている部分はある。

前日の夜、アメリカとの電話会議があった時、金井さんは十時過ぎに出社するが、その日、特に他に予定がなければ、出社してくるかどうかもわからない。

そういう時にいつ出社してくるのか確認され、答えに窮したことが何度もあった。

ある時、金井さんにそれを告げると、「えぇ？　面倒ねぇ」と、少し不貞腐《ふてくさ》れた表情を浮かべた。

「私、夜も家で仕事してたり、アメリカと会議してたりするから、定時出社とか、そういう古臭い日本の習慣、押し付けられても困るわぁ。ただの事務職とは違うんだし、わかってないわねぇ、おじさんたちは」

ただの事務職という言い方には引っかかったが、それは金井さんに批判的な人たちへの揶揄《やゆ》なんだろうと思った。

「そういう時は、三十分後に出社するって言って、誰から連絡きたか、私にメールちょうだい」

実際、金井さんは忙しそうだったし、アメリカ本国とやり取りすることが多い。シンガポールにいるアジアパシフィックのIT統括ダイレクターにも覚えめでたいようで、「レイカはいるかい？」という電話を私もよく取る。

「そういう人って、なんか外資系っぽい。外国人と名前で呼び合うとかさ」

金井さんのことを話すと、佐田君は興味深そうな表情を浮かべた。

「今いる会社、シンガポールやアメリカには、女性の取締役もいるよ」

「高村の話はいろいろ刺激的だな。日本だと、女性の取締役って、そう滅多に聞かないもんな」

そう言ってから、そのまま佐田君は黙り込んだ。

「何？　どうかした？」

うつむいた佐田君が暗い声でぼそりと言った。

「高村さ、僕に、彼女いたの知ってたでしょ？」

彼女の話なんて、今、聞きたくないと思ったが、佐田君の言葉は予想もしていないものだった。

「別れちゃったんですよねー」

何をどう答えていいかわからず無言になると、佐田君は苦い表情で私を見た。

「同じ歳で、別の大学の子だったんだけどさ。お互い就職してその後、僕が札幌行ってる間に結婚しちゃいました」

「……結婚した？」

「うん、そう、結婚しちゃったんだ、別の人と。もともと東京離れるのは絶対嫌って言ってて、札幌勤務が決まった時も遠距離無理って言われてたんだけどね」

「遠距離って、だって札幌でしょ？　地球の裏側じゃあるまいし、飛行機で一時間ちょっとで行かれる所じゃない。しかも札幌永住ってわけでもないのに」

「さすが、高村!!　海越えただけのことはある!!」

しようもない茶化しに、思わずむっとした私を見て、佐田君も真面目な表情に戻る。

「大学卒業の頃に結婚の話も出たんだけど、そんなの早すぎるって延ばしていたのが仇《あだ》になった気がする。札幌に移って一度、雪のクリスマス過ごしたいって来てその後、二度と来てなくてさ。連絡は取ってたし、帰省した時には会ってたんだけど、高村が会社辞める直前に、いきなり『結婚決まったんで』って言われてびっくり」

そんなことを突然言われれば、誰でも驚く。

ましてや、付き合っていると思っていた相手だ。

「彼女は何してる人なの？」

「会社員だよ。船橋《ふなばし》建設の設計部門で事務職やってた」

思わずため息が漏れた。

船橋建設といえば、建設会社でもトップの会社で知らない人はいないくらいだけれど、女性の間では、別の意味で知られている。

船橋建設に入社すれば１００％社内結婚できるという通説が、就職時期に女子の間では囁《ささや》かれていた。女性の新卒採用は事務職だけで、採用はコネや紹介による身元確かな人たちに限られ、彼女たちは、仕事に多忙で出会いの少ない独身社員たちの花嫁要員だという噂があった。

女性が仕事を持つのが当たり前になった今でも、花嫁志願、専業主婦願望の強い人たちはたくさんいるし、彼女たちにとって就職先は、重要な夫探しの場だ。

「高村が言いたいことはわかる。お察しのとおり、相手は会社の先輩だってさ」

はっきりと別れを告げないまま、長く付き合っていた人と別の人を二股《ふたまた》かけるなんて、私には想像もできないことだ。でも、世の中にはそう珍しい話でもない。付き合っている相手がなかなか結婚に踏み切らないという理由で別れたカップルは、友達の中にもいる。

「なんかつらいね」

そう言うと、うん、と佐田君がうなずいた。

「ものすごく落ち込んだ。そんな時に、高村がアメリカ行くとか聞いてさぁ、東京と札幌が遠いっていう女がいるってのに、それとは逆に、ひとりでさっさとアメリカ行っちゃう女もいるんだぁって、脳天をがつんとやられた気がした」

会社の同期が開いてくれた送別会に佐田君は出席しなかったし、連絡もなかった。札幌にいるのだから来られないのも仕方がないとその時は思っていたけれど、それだけじゃなかったんだ。

彼女と別れた直後で、佐田君も大変な時だったんだ。

「距離は関係ないよ。本当に望むことは何かってところなんだと思う」

佐田君が怪訝《けげん》な表情を浮かべる。

「佐田君の彼女がどうしたかったかはわからないけど、私はやりたいことがあったから、アメリカに行ったの。自分の人生でいちばん大きな決意だったし、ものすごく大変だった。でも、自分が本当にやりたいことだったからやったの。佐田君の彼女もそうだったんじゃないかなって思う」

「何だよ、それ。意味がわからないよ」

佐田君が険しい表情を露《あら》わにした。

それを見て、佐田君の中では、彼女との別れがまだ生々しい傷として残っているのがわかった。

「二十七歳くらいから、女の子はみんな、結婚に焦りだすんだよ。三十歳を前に結婚しなきゃって。佐田君の彼女も、私たちと同じ歳でしょ？　結婚を真剣に、本気でしたいって考えてたのかもしれないよ」

「だからって、二股かけて、別の男と結婚するって理由にならないだろ？」

「ならないけど」

本当はここで、優しい言葉を連ねて、佐田君を慰めるだけでいたほうがいいのかもしれない。

そうすれば、彼は私に笑顔を向けたまま、気分よくいられるのかもしれないし、私に対する気持ちも、もっと好意的になるかもしれない。

でも、そうやって誰かにおもねる自分を、私はアメリカに行くと決めた時に切り捨てた。

その人に対して、一度でも本当の言葉で語ることをためらったら、二度とその人に対して正直な気持ちを語ることはできなくなるし、本当の自分ではいられなくなる。

「真剣に結婚したいって考えた時に、付き合っている相手がそういうことを考えられない状態だったら、どんな人も悩むと思う。佐田君の彼女も、もしかしたらぎりぎりまで悩んでいて、それで言えなかったのかもしれないよ。付き合っている人がいたら、私だってアメリカ行かなかったかもしれない。二十七歳って、女の人にはそういう年齢なんだよ」

私たちふたりは、料理を前に沈黙した。

食べることも、お酒を飲むこともせず、私たちはふたりともうつむいたまま、その沈黙の中でしばらくの間、互いに言葉を発するのを躊躇った。

「高村、変わったね」

唐突な佐田君の言葉に顔を上げると、佐田君はまだうつむいたままだった。

「はっきりと自分の考えを言うようになった。前は、自分の意見はあまり言わない方だったし、自己主張も全然しなかったような気がする。どっちかっていうと、自信なさげだったし」

佐田君が顔を上げる。

「人って、こんなに変わるもんなんだな。何があったの？　札幌で高村の退職の話聞いて、なんでいきなりアメリカ？って思った。映画好きなのは知ってたけど、それでそこまでのことするとは思えなかったし。すごい決意だったって言ってたけど、それって何だったの？　実は、好きな人がアメリカにいたとかなの？」

どくん、と心臓が嫌な音をたてた。

そっちにいっちゃうのか……と、心のどこかで誰かが言った。

「……そのうち、佐田君にも話せたらいいなって思うよ……」

はっきりとそれがわかるように、佐田君ががっかりした表情を浮かべる。

「ごめんね」

謝る私に、佐田君が「いや、こっちこそごめん。無理して話さなくてもいいよ。僕も、元カノの話、やっとなんか人に話せるところまできたし、いろいろあるよね、ごめん」と言って、ビールを手にした。

「久しぶりに会ったのに、暗い話して悪かった。せっかくおいしい飯食べてるんだから、楽しい話しよう」

うん、とうなずいて、私はパスタを口にした。

すっかり冷たくなっていたけれど、それはまだ、おいしかった。


「その人のこと、好きなの？」

佐田君とのことを話した私に、いきなり直球でトモが尋ねてきた。

「いや、別にそういうのじゃないよ。前は仲の良い同期で、今は友達って感じ」

慌てて否定したが、トモはちょっと冷たい視線を私に向けている。

部屋をシェアする条件の中に、恋愛の話はしない、恋愛を持ち込まないというのがあった。

トモ曰《いわ》く、恋愛しだした女は、とにかく面倒くさいし他人を巻き込むから嫌なんだそうだ。

片思いやうまくいっていない時は、誰彼となくその話をして、大丈夫だよ、うまくいくよと言ってもらいたがるし、うまくいっている時はいってる時で、鬱陶《うっとう》しいのろけ話しかしない。

いっしょに暮らしている相手が四六時中そんなことしだしたら、うざったらしいことこのうえないからさ、とトモははっきりと言った。

佐田君のこと、好きだと思う。

でも、なぜだかわからないけれど、自分からもう一歩踏み出してみようという気持ちには、なれずにいた。

付き合っていた彼女と別れたという話は、普通に考えれば、私にとっては大きなチャンスかもしれない。

でも今はなぜか、行動を起こす気にはならない。

「まぁ、いいけどさ」

トモが興味なさそうな声で言った。

「でも、自分が変わる時って、自分をとりまくいろいろなものも変わるから、今までそういう浮いた話とかなかった貴美にも、そうやっていろいろ起きてくるかもね」

「そんなことあるの？」

「あるよ」

トモがネイルにスワロフスキーを貼りながら言い放つ。

「私も、ダンスの仕事が順調になったあたりで、いろいろあったもん。それまでけっこうかつかつだった生活が、いきなりそれなりのお金はいってきて、しかもテレビとかにも出たり、有名なアーティストと踊ったりしだして、いっきに世界変わったからさ。それまで親しかった人がいきなり離れたり、そうでもなかった人といきなり親しくなったりしたし、新しい出会いもたくさんあった」

「そういうものなのかな」

「そういうものだよ」

あっさりとトモが言う。

「貴美は、恋愛にモチベーション低いから、そういうこともあっていいと私は思うけど、アメリカ行ったのは好きな男がいたからとか、なんか根本でわかってねーって感じもするし、どうなんだろうね」

私もそこで、佐田君に何も言えなくなってしまった。

だから、トモがそれを指摘してくれたことがうれしかった。

「好きな男にはさ、できるだけ意に沿おうってするのは、女の子の本能みたいなもので、男にもそういう子のほうが好まれるけどさ。私や貴美みたいに、はっきりとした自分の生き方とか考え方をしてる女っていろいろ面倒だし、大変だよ。自覚したほうがいいと思う」

「何それ。難しくて、よくわかんないよ」

しかめっ面をした私に、トモがずいっと顔を寄せた。

「貴美にとって、今、一番大事なのは、何?」

「……そりゃ、今は仕事が一番大事だよ。もっといろいろできるようになりたいし、自信もって仕事に向かえるようになりたいし」

「だったら、それを忘れないようにね」

うん、もちろん、と答えると、「じゃ、話が終わったところで、私はお風呂《ふろ》はいってくる」とトモが立ち上がった。

お風呂の準備に自分の部屋にはいったトモの背中を見ながら、佐田君は私のことをどう思っているのだろうかと、ふと思った。

少しずつでも、もっと親しくなっていけたらいいなと、期待している自分がいる。

でも、それとは別に、それまで知ることのなかった佐田君をもっと知ることに、不安を感じていることにも気が付いていた。

お風呂から聞こえてくるトモの鼻歌を聞きながら、私はしばらくひとりでぼんやりと考えた。

何が私を躊躇《ちゅうちょ》させているんだろうか。

「高村さん、来月、ITのトップがアメリカから来ることになったから、会議のセッティングしてほしいの」

金井さんが笑顔で私に言った。

私は、金井さんが告げる出席要請を出す人たちの名前をノートに書きつけ、席に戻ってスケジュール確認のメールを書き、組織図を見ながら、それぞれの秘書のアドレスをメールに貼り付けた。

そして、「皆様のご都合の良い日をお知らせください」と最後に記し、送信ボタンを押す。

よし！　と思ったその時、電話が鳴った。

「山田《やまだ》です」

ひとみさんのいる法人営業部ダイレクターの秘書の人だ。

「高村さん、すぐに、今のメールを取り消してください」

なんで？　と思った私がそれを口にする前に、山田さんの厳しい声が受話器から飛んできた。

「いいからすぐに取り消して。他の方たちがメールを開いてしまう前に、削除してください」

その剣幕に、受話器を耳にあてたまま、慌てて送信したメールを取り消す。

「今、消しました……あの……何か不備がありましたでしょうか？」

「あのメールに書かれた序列が違っています」

厳しい声で山田さんが言った。

「CEO、CFO以下の秘書の方たちの名前の順番が違ってます。イントラに出ている役員名簿の順番にする必要があるんです」

もちろん、役職の高い人たちから名前を並べる必要があるのはわかっている。でも、秘書の人たちにも、それに準じた並べ方をしなければならないとは、思ってもみなかった。

「……すみません。知りませんでした」

「それから、ただご都合をお知らせくださいだけでは、こちらもどうしようもありません。みなさん、お忙しい方たちです。そちらからいくつか候補のスポットを具体的な日時で提示してくれないと、返事のしようがありません」

厳しい叱責《しっせき》に、また「すみません」と言いながら、思わず受話器を持ったまま頭を下げた。

「次回からは気を付けてください。この会社は、そういうのをとても気にする方が多いですし、秘書の中にも、とてもナーバスで厳しい方もいらっしゃるので」

山田さんの注意に、身体が緊張と恐怖で固くなる。

「秘書の仕事は初めてで、まだわかっていないことも多いかもしれません。すみませんでした」

もう一度謝罪したその時、怒りを含んだきつい声が、受話器を通して私の耳に響いた。

「初めてとか不慣れとか、それをミスの言い訳にされても困ります。秘書の仕事ができないなら、なぜ、そこで秘書としていらっしゃるんですか?」

しまった！ と思ったが、遅すぎた。

「もう一度、きちんと書き直してメールしてください。わからないことは仕方ありませんが、秘書の仕事は初めてだからできないなんて、そんなことを言い訳にされるのは迷惑です」

がちゃんと電話が切られた。

ざぁっと肌が粟《あわ》だつ。

イントラを開いて秘書の人たちの順列を確認し、それからもう一度、スケジュール確認のメールを書き直す。そして、何度も確認し直して、送信ボタンを押すのを躊躇した後、なんとかボタンを押した。

全身が汗ばんで、べったり張り付くような嫌な緊張感が、不安といっしょに押し寄せてきた。

「経理はそこまで厳しくないよ。そもそもメールアドレスの順番なんて、いちいち見る?」

ランチタイム、いつもいっしょに食べる三人に、山田さんとのことを話した。

驚き呆《あき》れる沙理奈さんに、奈美子さんも「私も他の部署にミーティング設定依頼のメールするけど、社内メールの中に並べる名前にそこまで要求されたことはないなぁ」と驚いたようだった。

やっぱりそうか……と思った瞬間、ひとみさんがぼそりとつぶやいた。

「でも、山田さんがそれ教えてくれたおかげで、その難しい人たち、怒らせずに済んだんでしょ？」

思わずひとみさんを見た私の隣で、奈美子さんと沙理奈さんも箸《はし》を止めて、ひとみさんを見つめている。

「それはそうかもしれないけど、言い方ってあると思わない？」

沙理奈さんの言葉に、ひとみさんが細い目をさらに細くした。

奈美子さんと沙理奈さんが、顔を見合わせる。

「山田さん、きちんとした人だよ。上の秘書の人たち、気難しくていろいろ大変って聞いたことがある。貴美子さんにはきつく聞こえたかもしれないけど、それを教えてくれたのに、秘書の仕事したことないんでわかりませんとか言われたら、そりゃ、山田さんじゃなくても怒るよ」

「でも、貴美子さん、引継ぎしてくれる人もいなかったし、教えてくれる人もいないし、秘書の仕事が初めてでもいいって金井さんが言って採用になったんだから、嘘でも言い訳でもないでしょ？　本当のことでしょ？」

奈美子さんがそう言うと、ひとみさんは持っていたお弁当箱を静かに膝《ひざ》の上に置いて、私と奈美子さんを見た。

「本当のことだし、貴美子さんにとっては大変なことだけれど、山田さんや他の秘書の人たちは、そんなこと知るわけないし、関係ないよね。それをミスの理由にするって、自分が仕事ちゃんとやってないことの言い訳するのと、相手にとっては同じになっちゃうと思うんだけど」

「まぁ、派遣は経験と実績買われて即戦力になるってのが前提だから、経験ないからわかりませんって言うのは、確かにちょっとまずかったかもね」

うん……としおれた私に、沙理奈さんが「でも、貴美子さんにはやる気があるんだし、がんばるしかないよ」と、ぽんと肩を叩《たた》いた。

「失敗は誰でもあるし、間違いはどんな人でもやらかすもんだよ」

「そうだよ。それに、わからないことがあった時や困った時は、それこそ小田さんを頼ればいいんじゃない？　うちの部の仕事については、彼が一番よく知ってるわけだし、他の人たちだって協力してくれるよ」と奈美子さんが続ける。

「山田さんにも、あらためてお礼のメール書く。今更だけど、きちんとお礼、伝えることはしておきたいから」

「いろいろ大変だとは思うけど、何かあっても、自分は初心者なんだからって思っていれば、すべてがアドバイスになるし、貴美子さんの経験値にもなっていくよ。つらい時はここで私たちに吐き出せばいいし、相談し合えばいいと思う。そんなのはお互い様だから」

沙理奈さんの言葉に、ひとみさんと奈美子さんがうなずく。

仕事について相談できる人がいる。

それはとても大事なことだ。

三人の存在が、私の中でさらに大きいものになっていった。


「今、いいかしら？」

そう声をかけられて金井さんの部屋にはいり、言われたとおりに扉を閉め、金井さんの前に座る。

「一ヶ月過ぎたけれど、どう？　慣れた？」

赤と金で美しくネイルアートされた指を組みながら、金井さんが微笑んだ。

「ありがとうございます。だいぶ慣れました。いろいろな方に助けていただきながらやっています」

「そう、よかったわ」

金井さんは顔合わせの時と同じように、艶《つや》やかな表情を浮かべた。

美人というわけではないけれど、金井さんには華やかな雰囲気がある。

いつも人気ブランドのスーツを着て、高いヒールを履き、きれいに髪を巻いて一分の隙もなくきっちりメイクしている。

その姿は、ずっとあこがれて夢見ていたビジネスウーマンそのままで、私には眩《まぶ》しい。

仕事が始まって二週間経った頃に、担当の田丸さんから契約更新についての電話があった。

長期契約になると聞いて、金井さんと小田さんのことが、ふと頭をよぎった。

あの時の異様な雰囲気、何事もないようにふるまうオフィスのみんなに感じた違和感は、記憶の奥に重く残ってる。

でも、私は小田さんや金井さんとは問題なくやれているし、仕事にもだいぶ慣れてきていて、奈美子さんたち派遣仲間とも楽しく過ごしていた。

「前の派遣の人、全部放り出していなくなっちゃったから、私としては、高村さんが責任感のある真面目な人で助かってるのよ」

金井さんがにっこりと微笑んだ。

引継ぎ書はもらったものの、引継ぎそのものはなく、しかも誰も前任の人のことを口にしない。

たまに金井さんの口からちらりと出る〝前任の秘書〟の話で、その人があまりきちんと仕事をする人ではなかったのは、なんとなくではあるが、わかっていた。

「あの、前の方って、そんなに短期間でいなくなってしまったんですか?」

尋ねると、金井さんは、ふんっと鼻を鳴らした。

「派遣だったんだけど、二ヶ月でいなくなっちゃったのよね。勝気で自信満々な人だったから、私と合わなかったのもあるけど、契約途中で辞めちゃって無責任甚だしい。その前の人は正社員で長くいたんだけど、身体壊して辞めたの」

だとしたら、あの丁寧な引継ぎ書を作ったのは、身体を壊して辞めたという正社員の人なのだろう。

きちんとしていて、わかりやすく書かれたあの引継ぎ書のおかげで、私は初めての秘書の仕事をなんとかこなしているといってもいい。

サーバに残された秘書用のフォルダーも、丁寧に項目別、日付別に仕分けられていて、何も知らない私が見ても、すぐに探し出して見ることができるようになっている。きっと、経験豊かな、仕事ができる人だったのだろう。

そうか、身体を壊して辞めちゃったのか。

黙り込んだ私を金井さんが見つめて、「何かあった?」と訊いた。

「いえ、残されていた引継ぎ書がとてもきちんとしているので、どんな人だったのかなぁって思っていたんです」

ああ……と金井さんは小声でつぶやくと、「おとなしい人だったわよ。覇気がなくて、ちょっと私には物足りない感じだったけど、今思えば、ちゃんと仕事する人だった。私も来たばかりでいろいろあったから、彼女も大変だったのかもしれない」と、少し突き放したように言った。

「その分、私、高村さんには期待してるから」

突然、話を向けられて、少し慌てる。

「私もいろいろなことを乗り越えて、今こういう立場で仕事してるから、がんばろうとしてる人の気持ちわかるし、応援したいのよね。高村さんが一生懸命やってくれると、私もうれしいし助かるわ。将来的には、正社員のポジションも考えてるから、それを励みにがんばってね」

思わぬ言葉に、飛び上がって喜びそうになるのを慌てて抑えた。

金井さんの下で、秘書として正社員雇用になる。

正社員になれば収入も安定するし、何よりも、ずっと夢見ていた仕事に、晴れて就くことができる。

浮足立った気持ちでデスクに戻ると、メモが置かれていた。

小田さんからのもので、来月行われるIT部コーディネーターの定期報告会議をセッティングし、招待メールを出しておいてほしいというものだった。

私はIT部の共有フォルダーから「Mail_format」と名前がつけられたフォルダーを開いて、指定のメールを探した。

そしてそこに、ひとつだけ、タイトルが違うメールを見つけた。

「To Eguchi」と書かれている。

なんだろうと、その書面を開いてみると、そこにはメールの下書きと思《おぼ》しきものが残されていた。

『江口さん

何度もお伝えしたように、もう限界です。

人事としての対応をお願いします。

お願いします。

助けてください、お願いします。

保科亜紀《ほしなあき》』

……何、これ。


思わず口に出しそうになる。

差出人の名前に思い当たる人はいないし、IT部門に保科亜紀という人はいない。

このフォルダーは、金井さんの秘書だけが使うフォルダーだ。

浮かれた気分が一瞬にして消えた。

これは、体調を崩して会社を辞めたという人が書いたものだ。

誰一人口にすることのない名前が、ここにあった。

何があったのか、何が起きていたのかは書かれていないが、〝保科亜紀〟という人の悲痛な叫びがここには込められている。

すぅっと、冷たい風が身体を通り抜けた。

金井さんは、身体を壊して会社を辞めたと言っていたけれど、違う。

何かあったんだ。

何かあって、限界を超えて、そして保科さんは会社を辞めた。

いったい何があったというのだろう。

私はそのメールを、呆然《ぼうぜん》と見つめていた。


「私、ちょうど保科さんと入れ違いにここに来たから、直接は知らないのよ」

保科さんについて尋ねた私に、奈美子さんがそう答えた。

「日本の会社と違って外資系企業では、辞めた人のその後のこととか話題にしないし、関係もばっさりなくなることの方が多いんだよね。私も保科さんについては、そういう人がいたってことくらいしか知らないなぁ」

「私は何度か電話で話したことあるけど、きちんとした人だったよ。真面目な感じの人だった」

沙理奈さんは保科さんについてそう印象を教えてくれた。

ひとみさんは何も言わずにお弁当を食べながら、私たちを見ている。

「なんでいきなり、保科さんの名前が出てくるの？」

奈美子さんの問いに、メールのことをみんなに話すと、「小田さんに聞いてみたら？

小田さんなら、その人のことよく知ってるだろうし、何があったかもきっと知ってるから教えてくれるかもよ」と奈美子さんが言った。

ところが、そこでひとみさんが箸《はし》を止め、

「やめたほうがいいと思うよ」

と、おもむろに言った。

その言葉に驚いた私たちは、そろってひとみさんを見る。

「知らないでいたほうがいいこともあるよ。余計なことに首をつっこめば、自分からトラブルに巻き込まれることにもなる。誰も何も貴美子さんに言わないんだから、そのままにしておいたほうがいいことかもしれない」

言葉に詰まる私に、「どういう理由にしろ、今、会社にいない人のことを詮索《せんさく》するのは時間の無駄だよ」と、突き放すようにひとみさんが続けた。

気まずい沈黙が私たちを包みこむ。

場を取りなすように、奈美子さんが明るい調子で「貴美子さんの前任の派遣の人なら知ってるよ」と言った。

「武田《たけだ》さんって、見るからに仕事できます！　って感じのはきはきした人だったけど、金井さんとやりあって、契約途中で辞めちゃったんだよね。私、席が遠いから内容までは聞こえなかったけれど、しょっちゅう金井さんの部屋で言い合う声が聞こえてた」

「やぁだ、なんかそれ、さらに不穏な空気、増加させてるよ」

沙理奈さんが苦笑いする。

「金井さんと何かあったのかなぁ」

私が漏らした言葉に、「それを知ってどうするの？」とひとみさんがまた、無愛想に言った。

「とりあえず今のところ、貴美子さんは順調に仕事できてるんでしょ？　だったら、それでいいじゃない。私たちは派遣なんだし、仕事以外のことに首を突っ込むのは、やめたほうがいいと思う」

ひとみさんが、辛辣《しんらつ》で厳しいのはわかっているが、今日はいつにもまして厳しい。言ってることはその通りだが、でも、あんなメールを見てしまった私としては、今更知らないでは済まされない。

お昼を食べ終わっていつものようにデスクに戻る道すがら、これもまたいつものように「ひとみさん、何か知ってるのかも」と奈美子さんが声を掛けてきた。

「ひとみさん、金井さんが来る前からここで働いているし、直接知らないにしても、何か聞いてたりはすると思う。でも彼女、余計なこと絶対言わないし、人の噂話とか大嫌いだから、そういう類のことをわざわざ貴美子さんには話さないと思う」

うん、とうなずきながら、細い目で私をじっと見つめたひとみさんの顔を思い出す。

正直、奈美子さんや沙理奈さんに持つような親しみを、ひとみさんには持てずにいる。あまり感情を表に出すこともないし、どちらかと言えば無口な人だ。

年齢も私よりずっと上で、仕事の経験も豊富だから、共通点が少ないせいもあるかもしれないが、どことなく近寄り難いものを感じていた。

トランスバイルでも、モンゴメリーでも、社員同士、親しくなっても馴《な》れ合うことはほとんどない。

プライベートなことを尋ねたり話題にすることはないし、仕事の後、会社の人たちで飲みに行くなんてことも滅多になかった。

日本の会社には当たり前のようにある社員同士の付き合いは、ここでは皆無だ。

日高さんはとてもフレンドリーな人で、誰とでも親し気に会話するが、会社内で個人的な付き合いがあるようには見えないし、佐竹さんは逆に、誰かと親しく話している姿を見たことがない。

小田さんは、仕事ではたくさんの人と関わりがあって、うまくやっているようだけど、個人的に親しくしている人がいるようには見えないし、金井さんにいたっては孤高という感じで、仕事以外で社内の人と関わるのは見たことがなかった。

それがこの会社特有のものなのか、それとも外資系企業だからそうなのかはわからない。

たまに、長谷川電気工業の時のことが懐かしくなる。

上司や先輩方との関わりは面倒くさいこともあったけれど、温かくて濃密だった。

部や課での飲み会もよくあったし、同期会や女子会もしょっちゅうやっていて、たわいない恋愛話や、会社の愚痴、社内で起こった思わぬ面白いできごとなどなど、みんなで話して、慰め合い、笑い合って、どこか家族的な、仲間みたいな繋《つな》がりがあった。

ウェットで、公私の境目がないのが嫌で去った日本の会社を、なぜか今、とても恋しく感じるようになっていた。


「会社の人たちとの付き合い？　うーん……」

ウィークリーレポートのデータの確認に行ったついでに、日高さんにさりげなく、会社の人たちといっしょに何かしたりすることはあるのか聞いてみた。

少し考えた後、「うちの会社、ステップ部ってのがあるよ」と日高さんが笑いながら言った。

「ステップ部？」とオウム返しに問うと、「デスクワークばっかりで、みんな運動不足だから、毎日階段使いましょうって活動」と日高さんが笑う。

「え？　ここ、二十四階ですよ？　それで階段使うんですか？」

呆れた私に、「うん、だから、活動している人、ほとんどいないの」と日高さんが当たり前じゃないかというふうに答えたので、ふたりそろって吹き出した。

「言われてみれば、会社の人たちと個人的に付き合うって、まぁ、うちはそういうのあまりないね」

そう言って、日高さんは頭を掻《か》いた。

「深夜の仕事とかある技術部やアプリのチームには、『モンハングループ』があるけどね」

「もんはん？」と首をかしげた私に、日高さんが『『モンスターハンター』ってゲーム、知らない？」と聞き返す。

「作業の合間とか待ち時間とかで、みんなでPSPでいっしょにゲームしてるらしいけどさ。まぁ、その程度かなぁ、うちの部だと」

求めていたような答えとは違っていたけれど、逆にそれしかないというのもよくわかった。

「まぁ、僕も含めて、みんないろいろやりたいことは違うし、プライベートは忙しいからね」

そう言って、日高さんがデスクに置いてあるカレンダーを手に取った。

「これ、印ついているところね」

差し出されたカレンダーには、赤く丸で印がついている箇所がある。

「トレーニングの日なの。僕、トライアスロンのアマチュアチームはいってってさ。この丸ついている日、合同トレーニングの日で、忘れないように印つけてるんだよね。このカレンダー見れば、みんなも僕のスケジュールわかるから」

「トライアスロン、やられてるんですか？」

「アマチュアチームだけどね」と日高さんが恥ずかしそうに応《こた》える。

「うちのチームはみんな、趣味でいろいろやってるよ。相原《あいはら》さんは、アマオケでヴィオラやってて定期演奏会出てるし、加藤《かとう》さんはあんなんで陶芸が趣味で、個展もやったことあるくらい。あと、後藤ちゃんは大きな読書会の主催メンバーで、なんかそっち界隈《かいわい》では有名らしいよ」

日高さんは趣味と言うけど、みんな、趣味の域を超えている。

「みなさん、すごいですね」

「そんなことないよ。やりたいこと、やってるだけでしょ？」

日高さんがさらりと言った。

「うちの会社はワークフロムホームもあるし、仕事とプライベートの時間を調整しやすいから、やりたいことをやってるって人、多いよ。面倒な付き合いもないし、自分の仕事が終わればさっさと帰れるしね。高村さんは何かやってないの？」

日高さんの問いに、「アメリカから帰ってきて仕事始めたばかりだし、まだ、そんな余裕なくて」と答えると、「えー、だったら、そろそろ自分のための時間使ってもいいんじゃないの？」と言われてしまった。

「会社以外で自分の世界持つって、大事じゃん。いろいろな人と出会うし、視野も広がる。趣味がいっしょだったり、楽しい時間いっしょに過ごせる人とは友達になりやすいし、そういう存在って大事だよ。何か大変なこととか、つらいことあった時、好きなことすれば一瞬でも忘れられるし、そういうところでできた友達って、ものすごく重要だから」

軽快なしゃべりで、誰にでも気さくな日高さんから、そんな真面目な話を聞くとは思っていなかった。

「高村さん、好きなこと、やりたいこと、ないの？」

「……英語、好きで勉強しましたけど……あとは映画……ですかね」

ありゃりゃ、と日高さんがおちゃらけた。

「自分の好きなことやりたいことがわかってないなんて、もったいない。この会社の人たちは、わりと趣味人多いから、機会があったらいろいろ話聞いてみるといいよ。さっきも言ったように、時間取りやすい会社だから、いろいろ参加して、この際、自分の好きなものとか探してみたらいいんじゃない？　仕事以外で、そういうものを持つのって、人生いろいろ支えてくれるもんだよ」

「考えてみます」と言ってはみたものの、すぐには思いつかない。

「そういうこと、考えたことなかったかもしれません」

「まぁ、日本企業に長い人は、わりとそういうタイプ、多いかもね」と日高さんがカレンダーを元の場所に戻した。

「仕事関係でお友達しちゃうと、仕事とプライベートとでけじめつけにくくなるし、余計なしがらみもできちゃうでしょ？　仕事は仕事として、みんなと良い関係を作っていくのは大事だけど、それは仕事がスムーズに行くためで、友達とはまた違う関係だからね。仕事では、付き合う相手も選べないから、それなりにストレスがあるしさ。その点、プライベートの友達ってのは、そういうのが絡まない。あくまでも個人の付き合いだから、楽しいことや大変なこととかも共有できるし、同じ世界で同じ空気を吸ってる人たちって感じで、心地よいよ」

「日高さん、そういうお友達たくさんいらっしゃるんですか?」

「たくさんはいないけど、そういう奴らと、がーって自転車かっとばしてるよ。俺ら、渋谷《しぶや》から湘南《しょうなん》とかまで走っちゃうから」

「渋谷から湘南!」

声を上げた私に日高さんが、「まぁ、そっちの人たちには、そんなの普通だよ」と笑った。

「やなこととか、悩んでたりしても、走ると忘れちゃう。仲間と自転車の話しているうちに、イライラしてる自分がリセットされて、気持ちよく仕事に戻れるんだ」

日高さんの笑顔が、輝いて見えた。

ノリの軽い人だと思っていたけれど、そうじゃない。

きちんと自己管理してけじめをつけ、楽しく生きることを知ってる人なんだ。

だから会社でイライラしたり、感情を露《あら》わにすることなく、常に笑顔で仕事に向かう余裕を持つことができるのだろう。

「私も、日高さんみたいに何か熱中できる好きなこと、探したいです」

「うん、がんばって探しなよ。楽しいよ」

その時、私たちの横を佐竹さんが通り過ぎた。

ちらりと私たちに向けた視線は、とても冷たかった。


その日、午後行われるカンファレンスの準備のために、小田さんといっしょに、上の階にある特別会議室エリアに初めて足を踏み入れた。

そこは専用のパスを持つ人以外は立ち入れない場所だったが、小田さんはそのパスを持っている。

重々しい扉が開くと、会議室の扉が無機質に並んだ通路が現れた。

その一番奥の部屋にはいった私は、口をあんぐりと開けてそこにあるものを見渡した。

それはまるで、SF映画や戦争映画で見た作戦会議室のような部屋だった。

正面には大きなパネルが三枚置かれていて、それを囲むように半円に二重、テーブルとイスが設置されている。

「すごい、なんか、映画みたいですね！」

「あれ？　初めて見ますか？　最近は設置してる会社もけっこうあるみたいですけどね。この部屋のこのパネルは、三箇所それぞれ別の所と繋《つな》げることができます。お互い顔見ながらライブで会議できるし、面接で使ってる会社もありますよ」

そして小田さんは、部屋の隅にある機械をいじりだした。

「本当はこのシステム、それぞれの席にケーブル配して、紙のプレゼン資料なんか使わずにPCでデータシェアしながら会議できたり、他にもいろいろ便利な機能があるんですけど、そこまでやる金、その時会社になかったらしくて」

小田さんが珍しく声を立てて笑った。

「そんなに高いんですか？」

尋ねると、「そりゃもう高いですけど、毎年すごい数、海外出張にかかっていた経費、これ設置したことで回収できるらしいんで、ある意味、先行投資の節約ですよ」と答えが返ってきた。

「このシステム導入したおかげで、海外出張の数がだいぶ減らせましたからね」

言われてみれば、この会社では海外出張する人をあまり見ない。

社員全員、社内用チャットソフトがPCにはいっていて、それで少人数の会議も電話もできるから、自分のデスクでもワークフロムホームの時も、外国との打ち合わせには問題なく参加できる。

小田さんがインドや韓国、アメリカの取引先や仕事関係者と英語で話しているのも、パーテーション越しに聞こえていた。

ヘッドセットをして、自分のデスクで英語で会議する人々の姿はこの会社では普通にある光景で、それは外資系ならではのものだと思った。

「まぁ、僕みたいな現場の人間にとってはありがたいシステムですけど、海外出張好きな人ってのもいますから、そういう人たちにとってはうれしくない話だから、反対意見も出たそうですけどね」

マイクの調整をしながら小田さんが言った。

「そっか。そうですよね。確かに、海外出張ないってのも、なんか寂しいですよね」

海外出張にあこがれ、夢見る人は多いと思う。

飛行機のファーストクラスやビジネスクラスでアメリカに行き、会議をして、仕事関係の人とランチやディナーを共にする。現地のオフィスで、現地のスタッフと歓談し、交流をする。

日本の会社では体験できる機会はほぼないといっていいし、そもそも海外出張そのものが、滅多にあるものじゃない。

外資系企業で活躍している日本人女性のエッセイに、海外出張に行った時のことが書かれていた。

『仕事の合間を縫ってタイムズスクエアまで行ってみると、そこには、テレビや映画で観ていたあの光景が目の前に広がっていた。私は今、ニューヨークにいる！ 海外出張でここに来た自分を誇らしく思った。ここにあるすべてを両手で抱きしめたい、そんな気持ちだった』

心の片隅でいつか私も……という希望を持ち続けている。

でも小田さんが言うように、こういったシステムを導入し、海外出張を減らす会社が増えているのなら、その願いが叶《かな》うのは難しくなる。

便利になって、わざわざ現地まで行かなくても会議や仕事ができるようになるのは確かに楽だろうけれど、反対した人がいるというのも理解できるような気がした。

「今時、わざわざ海外出張行きたいなんて人、そうはいないと思いますけどね」

スクリーンテストしている小田さんが、私に背中を向けたままぼそりと言った。

「何時間も飛行機乗らなければならないし、その分、時間も取られる。週末にかかってしまっても、代休なんて取れるような状況じゃない。行ったら行ったで、昼間は会社で現地の人たちと会議や仕事、ホテル帰ってきたら、今度は昼間の日本と仕事になるから、寝る時間もない。僕らみたいな技術系は、それこそ会社とホテルだけの往復で、本社のあるシカゴの街を見て歩く時間なんてないし、休む暇なく働くことになる。行かなくていいなら万々歳です」

「そんなに大変なものなんですか？」

「仕事で行くんですから、そんなもんですよ。疲れすぎてさっぱりした物食いたいって思っていたのに、夜、地元のスタッフが招待してくれた食事が、とんでもなくでかいステーキ出す店だったとか、泣きそうになったこともあります」

「そうなんですか……でも海外出張って、やっぱりあこがれがあります」

マイクケーブルをまとめながらそう言うと、小田さんがちらりとこちらを見た。

「そういう人は多いですよね。現実知らなければ、かっこよく見えるのもわからなくもないですけど。まぁ、社内でも好きな人もいますよ。金井さんも、入社してすぐにこのシステム導入で、海外出張がなくなったって怒ってましたからね」

小田さんはちょっと皮肉めいた口調で言った。

「まぁ、金井さんが望んでいるような、ビジネスクラスに乗ってゴージャスに海外出張なんてのは、今はよほどの会社でない限りやりませんけど」

「出張なのに、ビジネスクラスじゃないんですか？」

「ビジネスクラス、正規の値段で取ったら、いくらするか知ってますか？　アメリカだったら往復で百万超えますよ。うちの会社では、ビジネス使えるのはエグゼクティブでも上のほうの人だけですし、それでなくても経費削減ですから、基本、海外出張はエコノミーです。ファーストやビジネス使っている会社もあるとは思いますが、減ってきてると思いますよ。どこも経費には厳しくなってるから」

作業の手を止めて、私は思わず小田さんを見つめた。

小田さんが話す海外出張は、私の想像していたものとはまったく違う。

読み漁《あさ》っていた外資系企業で働く女性たちについての本には、華やかできらびやかな海外出張の逸話がいくつも書かれていたが、小田さんが語る海外出張の話には、現実の重さがずっしりと感じられた。

「小田さん、あの、秘書でも海外出張ってありますか？」

セッティングを終えて片付け始めた小田さんが顔を上げた。

「バックオフィスの人が海外出張なんて、聞いたことないですね。普通はないと思いますけど。少なくともうちの会社ではありません」

そう言いながら小田さんは、部屋の電気をぱちんと消した。

そうか、やっぱりそうなんだ。

私が読んだエッセイや体験記は、もしかしたら特別な人たちのものだったのかもしれない。

がっかりした私が部屋の扉を開けようとしたその時、小田さんが「どこで仕入れた話かは知りませんが」と、私の背中で唐突に言った。

「外資系企業で働く素敵な私！　みたいな本とか記事とか、真に受けてると馬鹿を見ますよ。あんなのは所詮《しょせん》は作られたもので、まともに働いている人たちのほとんどはあんなもの書かないし、派手で目立つ所には出ていきません。ああいうものに騙《だま》されるのは、高村さんみたいに経験の浅い無知な人だけです。そういうことが好きな人というのはどこの会社にもいますが、派手なパフォーマンスを好む輩《やから》は、現場には迷惑なだけです」

驚いて振り返った私の前に、小田さんはPCを持ったまま立っていた。

薄暗がりの中で、眼鏡越しに私に注がれる視線は、ぞっとするほど冷たかった。

日高さんと話してから、改めて自分の時間、自分の好きなこと、自分のやりたいことを考えるようになった。

アメリカから帰ってきて、英語の勉強は続けてはいたものの、英語学校に通ったりレッスンを受けたりはしていない。

通いたい気持ちはあったけれど、英語学校はどこも高額だし、派遣で働く今の私には到底払える金額ではない。

トモは家にいることが少ないから、夜はたいてい私ひとりで過ごすことになる。

好きな映画やアメリカのドラマを観たりはするけど、日高さんの言うような、打ち込める趣味みたいなものは今の私にはなかった。

反対に、トモは毎日忙しそうにしている。

ライブやインストラクターの仕事がない時はレッスンに通っているし、ダンス関係のイベントにもマメに足を運ぶ。

本当に踊るのが大好きなんだなぁって、見ていて思う。

アメリカにいた時は、私も時間が足りないくらいだった。

勉強している時間は多かったけど、学内のイベントにもできるだけ参加するようにしていたし、クラスメイトたちといっしょに外出することもそれなりにあった。

見るもの、聞くものがすべて新鮮で、学ぶこともたくさんあったと思う。

でも今は逆に、無為に過ごしてしまう時間の方が多いような気がする。

何をしたらいいだろう、自分の好きなことってなんだろうと考えていた時、長谷川電気工業の同期女子会の招待が送られてきた。

『佐田さんから、高村さんが帰国していることを聞きました。今回は女子だけの集まりですが、よかったら久しぶりに参加しませんか？　結婚して会社辞めた子たちも、何人か来る予定です。』

送信者は総合職だった花山《はなやま》さんで、いつもまとめ役を買ってでてくれる人だ。文面を見ながら、懐かしい気持ちでいっぱいになる。同期のみんなとはいっしょにランチしたり、仕事の後、人気のお店に行ったり、週末出かけたりしていたし、おしゃべりで盛り上がって、みんなできゃあきゃあ言い合って楽しい時間を過ごしていたけど、私が会社を辞めてアメリカに行ってからは、いつの間にか疎遠になってしまっていた。

アメリカにいる私の所に送られてくるメールには、会社であったこと、恋愛や人気のドラマの話が書かれていた。でも、すでにそこから離れてしまった私には興味の湧く話ではなく、逆に、私が書くのはアメリカでの生活や体験のことばかりで、彼女たちにとっては面白い内容じゃなかったに違いない。

私たちは、共有するものを失っていた。

ずっと友達でいられると思っていたし、日本に戻れば元通りになると信じていた。日本に帰ってきても、自分から彼女たちに連絡を取ろうという気持ちにもなれなかった。

けれどそれは、何を話していいかわからなくなっていただけで、彼女たちと過ごした時間を忘れたわけじゃない。

『連絡ありがとう。

とてもうれしかったです。ぜひ参加させてください。』

指定された場所は、最近オープンしたばかりの、渋谷の外れにあるおしゃれなカフェだった。

案内された個室の扉を開けると、歓声が私を包んだ。

「あ、貴美ちゃんだ!!」

「わぁ、久しぶり!!」

懐かしい声、懐かしい顔が私を包み込む。

同期の中でいちばん美人のえのちゃん、いちばん元気なモックー、歌の上手なかすみちゃん、経理の遠藤《えんどう》さん、すでに十人以上が集まっている。

「あ、野々《のの》さん、来てたんだ!」

奥に座っている懐かしい顔に、私は大きな声を出してしまう。

「今日は旦那《だんな》が子供見てくれることになったから、参加したの。お互い、久しぶりだね」

野々さんが手を振りながら言った。

入社して一年目で結婚して、すぐに妊娠して会社を辞めてしまった彼女とは、本当に久しぶりだ。

他にも結婚や出産で退職した人の顔が、いくつかある。

隣に座ったたえのちゃんが、「何なに、貴美ちゃん、アメリカでかっこいいアメリカ人の彼氏、できたって？」と茶化したので、「そんなのいないよぉ」と笑って言うと、前に座った麻美《あさみ》さんが「なんだぁ、ジョニー・デップのサインはなしかよ」とツッコむ。

二十人を超える同期が集まり、乾杯が終わると、その後はそれぞれおしゃべりが盛り上がった。

「貴美ちゃん、アメリカどうだった？」

「ロスでの生活はどんな感じ？」

「英語、しゃべれるようになったんでしょ？」

みんなが次々尋ねてくる。

それに答えながら、自分の中にあったしこりが消えていく。

話題が合わなくなった。

価値観が違ってしまった。

みんなとは疎遠になった。

そう思っていたのは、私の思い違いだったのかもしれない。

私はみんなの質問に答えながら、アメリカでの暮らしや勉強のことを、面白おかしく話す。

それにみんなが沸き、すごーい！　とか、へぇ！　とか言い合って笑う。

そうやって大騒ぎしているうちに、それぞれの近況もわかってきた。

アキちゃんは、資材部の播磨《はりま》さんとの結婚が決まった。

えのちゃんは銀座《ぎんざ》でスカウトされて、女性ファッション誌の読者モデルを始めた。

男子同期組の山本《やまもと》君は九州に、葵《あおい》君は仙台《せんだい》に転勤になった。

数人、私の後に会社を辞めた人がいたことも知った。

結婚のために辞めた人もいたけれど、俣野《またの》さんと河本《かわもと》さんが転職で辞めたと聞いて驚いた。

彼女たちとは個人的に話したことはほとんどなかったけど、会社を去ったその理由を聞いてみたいとふと思った。

「ちょっとトイレ、行ってくる」

気が付けばお酒もかなり進み、酔っていた。

立ち上がるなりちょっとよろけた私に、えのちゃんが「こらぁ、気をつけろぉ」と、少し呂律《ろれつ》がまわらない口調で笑う。

トイレを出て手を洗っている時、気持ちのよい風がはいってくるのに気が付いた。

横の扉が開いていて、そこからテラスに出られるようになっている。はいってくる風に、ほのかに煙草の香りが含まれていて、ああ、喫煙場所になってるんだと思ったその時。

「アメリカ、アメリカって、だからどーしたって感じだよね。かっこつけちゃって、えらそうにして、超感じ悪いわ」と言う声が聞こえた。

はっとした瞬間、それに応じる声がした。

「そんなの自慢されてもさぁ、どうでもいいよね。興味ないし」

聞いちゃだめだ。

聞かない方がいい。

そう思ったけれど、身体が動かない。

「英語できまーす！　外資系で働いてまーす！　って、何様のつもりなんだか」

「もともと私、気に入らなかったんだよね。会社にいた時から、ちょっと私はみんなと違いますって雰囲気、出しまくってたしさ。たいしてかわいくもないのに、なんかえらそうだったでしょ？」

「ノリも悪いし、空気読まないから、あの子のこと、実は嫌ってるって人も多いよ。みんな久しぶりだし、楽しい雰囲気壊したくないから話合わせてやってるだけで、別にあの子に興味あるわけじゃないでしょ？　ほら、空気読まないから、そういうのもわかんない」

「それをいい気になって、アメリカの話、自慢しまくってるって感じだよね」

そして、ふたりが笑う声がした。

明らかにそれとわかる、嘲笑《ちょうしょう》だった。

楽しく、高揚していた気持ちは消滅し、酔いも一瞬にして冷めた。

気付かれないように、静かにその場を離れる。

声は、古川《ふるかわ》さんと斎《いっき》ちゃんだった。

トム・クルーズみたいなかっこいい人なんてそう滅多にいないよと言った時、「ええー！ 超ショック！」と笑った古川さんも、外資ってどんな感じ？ 素敵な人いる？と聞いてきた斎ちゃんも、あの時の笑顔は全部嘘だったんだ。

本当は、そんなこと、どうでもよくて、私のこと、嫌いだったんだ。

どうしていいかわからないまま、よろよろと席に戻ると、みんなはすでに別の話題で盛り上がっていた。

医者と結婚した本間《ほんま》さんが、夫の許可なしには外出できないという話に、麻美さんが「それだけ大事にされてるんだよ！ お姫様じゃない！」と嫉妬混じりの声を上げると、「愛されてなかったら、そんなプレゼントとかくれないって！」と別の席から声が掛かる。

本間さんの服はグッチ、靴はルブタン、左手の薬指にはハリーウィンストンのダイヤが光っている。

みんな、笑顔でそれを見つめ、それを誉めた。

でも、私は、そのすべてが信じられなくなっていた。

私に向けてくれた笑顔も、言葉も、楽しかった会話もすべて、場をとりなすだけのもので、本心では私を嫌っているのかもしれない。

いや、私にだけじゃない。

本間さんに向けている笑顔も、言葉も、本心からのものじゃないかもしれない。

そう思ったら、何も言えなくなった。

笑顔を作ることすら、できなくなった。

帰りたい、この場を去りたいと思ったけれど、それこそ盛り上がっているところでみんなに悪いと思って、立ち去ることもできない。

私はグラスを持って、テーブルの一番端に場所を移った。

みんな、恋愛の話、会社の話、どこかの誰かの噂話で盛り上がっている。

私はグラスを持ったまま、楽しそうにおしゃべりに華を咲かせる同期のみんなを見つめた。

もう誰も、私に話しかけなかった。

やっと終了時間がきて、花山さんが「二次会行く人はこっち来てください」と大きな声で呼び掛けた。

どうしようかと悩むみんなをよそに、私は花山さんにお礼を言ってその場を離れた。

一刻も早く、帰りたかった。

「高村さん、待って！」

みんなの騒ぐ声が遠くなった時、背後から、誰かが私を呼んだ。

驚いて振り返ると、経理の遠藤さんがぱたぱたと私のところに走って来る。

「私も帰るの。確か同じ方向だったよね？　いっしょに帰ろ」

うん、とうなずいたものの、本当はひとりになりたかった。

もう、誰ともこれ以上話したくなかったし、二度と会いたくないと思っていた。

遠藤さんはそんな私の気持ちを知る由もなく、「楽しかったね」とうれしそうに笑みを浮かべる。

電車に乗ってつり革に摑《つか》まり、口を閉ざして窓の外を見ている私に、遠藤さんが「私、ずっと高村さんに会いたいって思ってたんだ」と突然言った。

驚いて横に立つ彼女を見ると、遠藤さんはきらきらした瞳《ひとみ》で私を見ている。

「アメリカ行くって聞いた時はとっても驚いたけど、なんか高村さんらしいなって思ったんだ。詳しいことは全然知らないけど、高村さんっていつもどこか毅然《きぜん》としたところがあって、自分ってものをしっかり持ってるように見えたから。アメリカ行って英語勉強するって、すごいな、えらいなって思った。本当にすごい決意したよね」

予想もしていなかった言葉に動揺した。

遠藤さんが所属する経理部と私が所属した営業三部は場所も遠かったし、普段は言葉を交わすこともほとんどなかった。それこそ、同期会で話したことがあったっけ？　くらいの関わりしか覚えていない。

おっとりとした性格の遠藤さんはみんなに好かれていたけれど、会社でも同期でも、目立つ存在ではなかったし、見た目にもどちらかと言えば太目で地味で、性格も控え目だったから、いつもみんなの中でにこにこしているという印象しか残っていない。

言葉に詰まる私に、「ほんとはもっといろいろ話聞きたかったんだけど、あそこだと、みんなもいるから聞けなくて」と、遠藤さんは少し恥ずかしそうに言った。

「私、簿記の専門学校出て今の会社に就職したけど、とくにやりたいこととかないし、なんとなく毎日過ごしていたから、高村さんの決断とか行動力とか、本当にすごいなって思ったんだ」

「そんなすごいことじゃないよ」

思わず言い返した私に、遠藤さんが「すごいことだよ」と力強く言った。

「だって、言葉も違う外国にひとりで行って、勉強して生活するんだよ。お金もかかるし、長い準備と大変な決意が必要でしょ？　とってもすごいことだと思うよ。簡単にできることじゃないよ。私だったらそんなこと、できない」

真剣な表情で言う遠藤さんに、思わずうなずいてしまう。

遠藤さんの言うとおり、それは簡単なことじゃなかった。

「私、本当に、今日高村さんに会うの、とっても楽しみにしてたの。うちの会社、大手だし、いわゆる安定企業じゃない？　あそこにいると、大きな変化も波もなくて、わりと平和に毎日過ぎていっちゃう。私、こんなだから、そういう状態に不満ないし、自分に何かできるとも思ってないけど、高村さんみたいにちゃんとやりたいことをやって、目標に向かってがんばる人、すごいなぁって思うのね。人のことでも、なんかものすごくワクワクするし、いいなぁ、うらやましいなぁって思う」

そう言って、遠藤さんはころころとかわいらしい声で笑った。

「もしよかったら、今度ゆっくりアメリカの話、いろいろ聞かせて。学校のこととか、勉強のこととかもっといろいろ聞きたいわ。自分には絶対できないことだから。私もね、高村さんが行くっていうのを聞いてから、アメリカにいつか行きたいって思うようになったの。高村さんと違って、ただの旅行でだけど」

明るく語る遠藤さんに、何か言わなきゃと思ったが、どうしても言葉が見つからなかった。

「あ、次、降りる駅だ。ああ、ごめんね、私ばっかり話しちゃって。でもほんとに、よかったら今度、ふたりで会いましょうよ。都合よい日わかったら、連絡ちょうだい。きっとよ」

うなずくのが精いっぱいだった。

遠藤さんは手を振りながら、電車を降りていった。

彼女の姿が閉まる扉の向こうに消えた瞬間、目頭が熱くなり、何かが自分の中からせり上がってきた。

がたん、と電車が動き出す。

言葉にならない想いで、胸がいっぱいだった。

遠藤さんの言葉を、心の中で何度も何度も繰り返した。

その言葉のまっすぐさが私を励まし、心の中に居座っていた古川さんと斎ちゃんの言葉を打ち消した。

遠藤さん、ありがとう。

本当に、本当にありがとう。

電車の窓から、遠い暗い空に、半分になった月が見える。

半分しかないけれど、それはとても明るかった。

私は電車の扉に寄りかかりながら、ずっとその月を見つめていた。


ここしばらく、金井さんの機嫌が悪い。

言葉が荒く、すぐにヒステリックになる。

何が原因かはわからないが、私を含めた部内全員、できるだけその逆鱗《げきりん》に触れないように、息を潜めるようにして仕事をしていた。

機嫌の良い時の金井さんは、私を部屋に呼んで、これからの女性の生き方や、仕事に対する姿勢などについて話す。日本人女性の仕事への意識の低さを嘆き、キャリアをどう築くかを熱く語る。

でも、機嫌が悪い時の金井さんは感情を露《あら》わにして、その矛先を小田さんに向けた。小田さんを呼びつけ、誰が聞いても難癖としか思えないようなことを延々と言い続けて、時にはヒステリックに怒鳴り散らすこともある。

それが収まって部屋から出てくる小田さんは、げっそりと疲れた表情を浮かべ、何も言わずに仕事に戻る。

最初は異様に感じていたそれも、何度も続くうちに、いつの間にか慣れてしまった。

小田さんがいなかったら、この部署の仕事がまわらないだろうということはわかっている。

コーディネーターという仕事がそういう仕事だということもあるが、それでなくとも、小田さんの仕事量は半端ない。トラブルが起これば陣頭指揮を執り、海外オフィスの人たちとのやり取りでも中心となり、何かあれば即時対応する。

それに比べると、金井さんの方が何をやっているかわからないことが多い。

深夜の電話会議を理由に出社はたいてい十時過ぎだが、実際には、毎日会議が行われているわけじゃない。

マンスリーやウィークリーのレポートも、金井さんに渡した後、それに対しての何らかのリアクションがあったことはなかった。

経費精算は相変わらずわけのわからないものが毎月あって、そのたびに金井さんからは、明らかにその場限りの取り繕った答えが返ってくる。

ワークフロムホームも、他の部では部長クラス以上の人たちは基本、取っていないことも知った。

「そのレベルにもなれば、会議も来客も外出も多いから、家で仕事なんてそもそも無理だよ」とひとみさんが言っていたが、金井さんは他の社員と同様に週二日をワークフロムホームにしている。

他の人たちは、ワークフロムホームの時は社内チャットも常時オープンで、メールも電話も対応するが、金井さんは数時間後に返信がくればいい方で、下手をすると音沙汰《おとさた》がないことも珍しくない。

業務に支障が出ないのは、小田さんがきっちりと管理し、対応しているからだ。

ただ、金井さんがどうあろうと、私自身の仕事においては問題はないし、どちらかと言えばよくしてもらっている。だから、余計なことを考えず、やるべき仕事に向かっていればそれでいいと思っていた。

でも、今日はいつもと違った。

扉は閉じられているのにも拘《かか》わらず、金井さんのヒステリックな怒号は、オフィス内に響いている。

「だから、報告だけしていればいいってものじゃないって言ってるでしょ！　何よ、その顔は！　言い訳でもいいから、何か言ったらどうなの！」

もう一時間近く、小田さんは金井さんの部屋にいる。

こんなことは初めてだ。

フロア全体が、恐ろしいほどの静寂に包まれていた。

みんな、息を潜めるようにして事態を見守っているのがわかる。

いたたまれなくなって席を立ち、そおっと日高さんのところにいって、「何かあったんですか?」と尋ねると、いつも明るい日高さんが神妙な顔つきで声を潜めた。

「昨日と一昨日《おととい》、金井さん、ワークフロムホームだったでしょ? その間に、契約者の入金が履行されないってトラブルが生じたんだけど、それ、うちのシステムトラブルのせいだったんだよね。真鍋君が気が付いて、速攻対応にはいってくれて無事入金されたから、とりあえず大問題にはならなかったんだけど、保険会社としては、絶対にあっちゃいけないトラブルだからさ」

「それで、なぜ小田さんが?」

私の問いに、日高さんが今まで見たことのない、複雑な表情を浮かべた。

「いつものように、小田さんが事後対応してくれたんだけどさ。金井さん、ゆうべ、アメリカ本社から連絡受けた時、何も知らなかったことでえらい叱責《しっせき》うけたらしい。まぁ、そりゃ当然だよね、三千万円の保険料支払いが入金されないとか、保険会社でありえないでしょ? それをトラブル元のトップが知らないとか、もうお話にならないから」

そんなことがあったなんて、知らなかった。

トラブル発生は日常茶飯事で、その対応に追われるのは、ＩＴ部では当たり前になっている。

ここに来てすぐ、この会社のシステムやサーバ、ケーブル関係には問題が多いと日高さんが教えてくれたけれどまったくその通りで、みんな、とっくに諦《あきら》めの境地に達していて、淡々と対応するのが日常の業務のようになっている。

それなりの予算を取り、それなりのシステムや機材を揃えれば解決するのは、誰もがわかっているが、なぜか経営陣は放置したままだ。

ＩＴ部の全員が、恒常的に発生するトラブルにすっかり疲れ切っているのは、見ているだけの私でも気が付いていた。

「まぁさ、いつかはこういうことになるとは思っていたけどね」

日高さんが渋い顔をした。

「入金が止まっちゃうことですか？」

そう言った私に、「違うって。金井さんだよ」と日高さんがさらに声を落とす。

「彼女、仕事なんてしてないから。ワークフロムホームの時は、メールすら見ていないし、アメリカからの電話以外はいっさい取らないからね。まぁ、そもそも、あの人の仕事は小田さんがカバーしていたからなんとかなっていたけど、アメリカにバレるのは時間の問題だったとしか言いようがない。ここ、小田さんがいるから、なんとかなってるようなもんだからさ」

その時、ばしんっ！　と、何かを投げつけたような大きな音がオフィス内に響き渡った。

日高さんと私は揃って、音の方を見た。

金井さんの部屋だった。

フロアのみんなも仕事の手を止めて、金井さんの部屋を見ている。

「さすがに、今回はやばいかもな」

日高さんがぼそりと言ったその時、金井さんの部屋の扉が開いた。

みんなの視線の中、小田さんがもっそりと部屋から出てきた。

疲れ切って、焦燥しているのが見てとれた。

小田さんは、注がれる視線に気付きもしていないかのように、何も言わずに自分のデスクへと戻る。

異様な空気がオフィス内に満ち、みんな口をつぐんで小田さんのデスクの方を見ていた。

「戻ったほうがいいよ」

日高さんが言った。

自分のデスクに戻り、息を潜めてパーテーション越しに小田さんの様子をうかがっていると、引き出しの中をいじる音、何かをしまいこむ音がした後、小田さんが立ち上がる気配がした。

慌てて小田さんのデスクを覗くと、小田さんが荷物を持ってオフィスを出ていこうとしていた。

「小田さんっ！」

大声で呼んだが、小田さんは何も聞こえていないかのようにそれを無視して、扉の向こうに姿を消した。

まだ十一時半で、帰る時間じゃない。

みんなの視線を浴びながら、私は小田さんの後を追いかけた。

「小田さん！　どこ行くんですか？　帰っちゃうんですか？」

叫んだ私に、ホールでエレベーターを待つ小田さんは、無表情のまま、視線を私に向けた。

「何があったんですか」

「辞めろと言われたので、帰ります」

絶句した私に、小田さんがいつもと変わらぬ声で言った。

「金井さんに、お前なんかクビだと言われました。だから僕はもう、ここにいる理由はありません」

「……何言ってるんですか。そんな、そんなこと言われたからって、そのまま帰っちゃうなんて、そんなことする必要ないですよ。小田さん、何も悪くないじゃないですか。辞める理由がありません。金井さんだって、思わず言ってしまっただけかもしれないじゃないですか」

動揺する私を前に、小田さんは冷静だった。

今まで見たこともないほどに、落ち着いていた。

「僕は、あの人がそう言うのをずっと待ってたんです。自分から辞める理由はなかったですからね。辞めろと言われれば会社都合になりますから、有利な形でパッケージの交渉できますし、彼女にとっても大きなダメージになります。あんなクソみたいな人間の下で働いていたのは、あくまでも自分の都合ですから」

淡々と言われた言葉の冷たさに、私は棒立ちになった。

「今まで何も言わずにやってきたのは、次の仕事のためです。ここでの僕の仕事については、業界内にも知れ渡りましたし、コネクションもできました。ヘッドハンターとは話もついています。あとは、Xデイがいつかって、それだけだったんです」

私はその場に凍り付いた。

今、目の前にいる小田さんは、私が知っている小田さんじゃない。

小田さんの言っていることを理解しようとしたけれど、私の中の何かが、全力でそれを拒んでいた。

「……小田さんが、小田さんがいなくなったら、このIT部、どうなってしまうんですか？」

立ち尽くす私の前で、小田さんは目を細めた。

恐ろしく冷たい、軽蔑《けいべつ》と侮蔑《ぶべつ》が込められた視線だった。

「そんなこと、僕の知ったことじゃありませんよ。そろそろ自分の頭で考えることぐらい、してもいいんじゃないですか？」

ちん、と音がして、エレベーターの扉が開いた。

小田さんはそれに乗り込み、扉を閉めた。

エレベーターホールに、私だけが取り残された。

エレベーターが降りていく音を聞きながら、私は、がたがたと自分の身体が震えているのに気が付いた。

私たちは、置き去りにされた。


誰もが予測していたであろう最悪の状況が、すぐさまIT部を襲った。

それぞれのチームの連携は、取り持つ人がいなくなったためにごたつき、当たり前のように起きるトラブルへの対応も著しく遅れるようになった。

事態を把握して取りまとめ、各チームへの指示をする人間がいなくなったからだ。

小田さんによって整理され、軽減されていた各チームの煩雑《はんざつ》な作業が放置されたことで、誰が何をどうすればいいかすらわからない業務が部内のあちこちで発生し、そのたびに各チームのリーダーで話し合いをせざるをえなくなった。

関連の資料やデータがどこに格納されているのかすら、誰もわからない。

設定されていたミーティングやカンファレンスも、セッティング途中で宙に浮いたままとなっている。

アメリカ本国への承認申請も、すべて完全に止まっていた。

小田さんひとりがいなくなったことで、ここまで部内が混乱し、いくつもの業務に支障が出るというのは驚きだったが、それはつまり、小田さんがそれだけの仕事をしていたということでもある。

ところが混乱する部内で、日高さんと外注の技術者を取りまとめているチームのリーダー小田島《おだじま》さんだけは冷静だった。

「日高さん、冷静ですよね……」

小田さんのデスクにファイルを取りにきた日高さんに声をかけると、日高さんはいつものように、パーテーションに肘《ひじ》をのせて、座っている私を見下ろした。

「まぁね。そのうち何かは起きるだろうとは思っていたからさ。よもや、小田さんがいきなりいなくなっちゃうなんてのは、予想外だったけどね。何があっても、チームとしての仕事に影響出さないようにしておくのは、リーダーとしては当たり前でしょ。小田島君のところなんて、外から来てもらってる人ばっかりだし、その分、金払ってるからね。社内のごたごたで仕事にならないなんてことになったら、それこそえらいことだから、彼もそのあたりはしっかりやってるよ」

わかってたんだ……。

私よりずっと年上だし、会社にも長いし、みんなのこともよくわかっているから、予測がつくのも当然かもしれない。

でも、それを予測して、対応できているのはふたりだけだ。ほとんどの人が混乱をきたし、イライラを募らせ、不満を口にし、怒りを露《あら》わにするようになっている。

日高さんはいつもと変わらず飄々《ひょうひょう》として、文句も愚痴も言わず、混乱にも動じていない。

「外資系企業なんてのはさぁ、自分を守るのは自分しかいないから、そういうところはきっちりやっておかないと、こういう時共倒れになっちゃうんだよね。予防線も防衛線も、これ以上ないってくらい張っておいて、何が起きても対応できるようにしておかないと、誰もアテにならないし、守ってくれないからさ」

遠くを見るようにして言った日高さんの言葉に、私はおもむろに立ち上がった。

「……自分を守るのは自分しかいないって、じゃあ、小田さんはこのまま会社、辞めさせられちゃうんですか？」

はぁ？　という顔で、日高さんは私を見た。

「小田さん、何も悪いこと、していないじゃないですか。金井さんに辞めろって言われたかもしれないけど、会社として、そんなこと、ありえないですよね？　小田さんが辞めたら、ＩＴ部の仕事がまわらなくなるってわかってるし、実際みんな困ってるわけで……」

困惑する私を見下ろす日高さんの表情から、笑みが消えていく。

「きちんと仕事していた小田さんが、こんなふうに辞めさせられるとか、ありえないですよ。会社として、普通ありえないですよね？」

「普通にあるよ」

思わぬ答えに、私は固まる。

今まで見たこともない厳しい表情の日高さんが、そこにいた。

「別に、珍しいことでもなんでもないし、誰の身に起きてもおかしくないことだよ。会社が守ってくれるとか、そんなこと、ここでは誰も考えてないし、ありえない。小田さんがいなくなって困るのは我々だけど、上層部にはまったく関係ない。アメリカ本社には、もっと関係ない。こっちがどんなに大変だろうが、混乱しようが、要はシステムが動いていればいいんだから」

「じゃあ、小田さんだけが悪いってことになって、終わっちゃうんですか？」

「そんな話は、誰もしてないよ」

日高さんの静かな声に、私はひるんだ。

「良いとか悪いとか、何が正しいとか間違ってるとか、そんな単純な考え方ができることじゃないよ。もちろん、金井さんが感情にまかせて言った言葉で、小田さんが辞める必要はない。スルーすることもできるし、とりあえずおさまるのを待つこともできる。人事に訴え出ることも可能だけれど、小田さんは自分で、言われた通りに辞めることを選んだんだよ」

「そんな……」

日高さんの言ったこと、そのすべてが理解を超えていた。

「高村さんさぁ、もしかして、小田さんだけが全部嫌なこと背負わされて、傷つけられて、不当に辞めさせられていくとか、思ってる？」

「……違うんですか？……」

日高さんはぼりぼりと頭を掻《か》いて、しょうがねぇなぁという表情を浮かべる。

「小田さん、そんなかわい気のある人じゃないよ。全部予測済みでやってるに決まってるじゃないか。だから、こういう大混乱状態になってるんだよ。あの人わざと、どの仕事にも、自分しかわからない部分を作ってたんだ。だから、それを先んじてそうさせなかった僕と小田島君が、難を逃れてる」

それにね、と日高さんが続ける。

「こういう形で退職に追い込まれたこと、退職条件の交渉に圧倒的に有利だからさ。金井さんがやったことは人事的にもコンプライアンス的にも大問題で、会社としては表沙《おもてざ》汰《た》にはできない。小田さんのことだから、そのあたり上手《うま》く交渉して高条件のパッケージせしめて、もっと条件の良いところに転職すると思うよ。能力高い人だから、前からヘッドハンターからも連絡がきてたしさ」

ぐらり、と自分の身体が揺らいだ。

何なの、これ。

何が何だか、わからない。

親し気に見えた小田さんと日高さんは、お互いの腹の探り合いをしていたってこと？

みんなに配慮しながら、仕事に追われて夜遅くまで仕事していた小田さんは、何もかもが自分のためで、すべて計算ずくだったってこと？

小田島さんと日高さんが難を逃れているのは、誰のことも信じずに仕事してたからってこと？

小田さんが去って行く時、私に向けた視線の冷たさの意味がわかったような気がした。

呆然とする私の頭上で、少し間の抜けたような、明るい日高さんの声が響いた。

「大変なことが起こるのは、これからだと思うけどな。小田さん、なんだかんだ言っても、いろいろな人たちを守っていたからね。彼の場合、好意とか善意でやってたわけじゃなくて、業務をスムーズに遂行するためって理由だっただろうけど。今は仕事だけの混乱で済んでいるけれど、これからは、小田さんが上手に押さえて操っていたものの蓋《ふた》が取れていっきに噴出してくるよ」

これ以上大変なことが、まだ起きる？

蒼《あお》ざめて日高さんを見上げた私を、日高さんが笑いながら見下ろした。

「さっきも言ったけど、頼りになるのは自分だけ。自分を守るのも自分だけだよ。それができなかったら、消えるしかないんだよ。保科さんみたいに」

……保科さん。

その名前が、日高さんの口から出るなんて、思ってもみなかった。

いや、でも、日高さんが保科さんを知っているのは当然だ。ずっと前からここにいる人なのだから。

遠くで、電話がはいったと、日高さんを呼ぶ声がした。

日高さんはそれに応じると、「じゃね」と言って席に戻った。

私は、その後ろ姿を黙って見送った。

身体も心も、まるで凍り付いてしまったかのように、まったく動かなかった。

私と奈美子さんにとって、ランチタイムだけが、唯一息を抜くことができる時間になった。

日々の業務が倍以上になった私も大変なことになっているけれど、奈美子さんはただでさえ忙しいところに、連携とバランスを失った各チームから、あらぬ質問やら依頼やらががんがん舞い込むことになったらしい。

「わからないこともあるし、本来、私の仕事じゃないものでも、『じゃあ誰がやるんだよ』みたいなこと言われると断れない」

明るかった奈美子さんが、最近はずっと暗い表情のままだ。

「そっちの混乱で、他にも影響出てるよ。法人営業でも、小田さんがいなくなって、じゃあ誰にこの話通す？　みたいなの、しょっちゅうみんなの間で言われてる」

ひとみさんが言った。

騒ぎの影響を受けていないのは、経理の沙理奈さんだけだ。

「小田さんって人、そんなにすごい人だったの？　なんか、その人がいなくなっただけでそこまで混乱するって、ちょっとおかしくない？」

率直な沙理奈さんの意見に、私と奈美子さんは何も言えない。

日高さんの言うように、小田さんはこういうことになるのを予測していたんだと思う。でも、わざと情報を流さないでいたとか、みんなとシェアしないで仕事をしていたとか、そういうのでは決してないのではないか。

小田さんに依存していた人、小田さんに仕事を押し付けていた人、小田さんを都合よく利用していた人がどれほどに多かったかということなんだと、いろいろ見ているうちにわかった。

だからこそ、そういうことをしなかった日高さんと小田島さんには影響がない。

小田さんは、あくまでも仕事や業務がスムーズにいくことだけを考えていたんだろう。多少なりとも作為的なものはあったにしろ、それだけで、あれほどに仕事をするなんてことは考えられない。

その結果、小田さんに甘え、依存していた人たちが今、とてつもなく困ったことになっている。

私自身もそうだ。

今までどれだけ自分の仕事が軽減されていたか、小田さんがいなくなって思い知った。マンスリーとウィークリーのレポートの確認も、定期的に行われるカンファレンスのとりまとめやそれに使う資料の作成も、考えてみれば、小田さんが要所要所きちんと確認しまとめてくれていたおかげで、私は言われたとおりにすればいいだけの仕事になっていたし、量も軽減されていた。

今は、すべて自分でやらなければならない。

仕事量は増え、時間は足りなくなり、ミスも多発した。

「小田さんのことだけじゃないの」

奈美子さんが暗い細い声で言った。

「佐竹さん、前からけっこう問題あったんだけど、小田さんいなくなってから、態度もきつくなって、露骨な嫌がらせもあるの。私、それも今、とってもつらい」

「佐竹さんって、あのきりっとした感じの、感じのいい人でしょ？」

沙理奈さんの言葉に、私と奈美子さんが揃って、驚きの声を上げた。

感じがいい？　どこが？

私たちの様子に、沙理奈さんが「違った？　私、何か変なこと言った？」と戸惑っている。

「佐竹さん、感じいいとか、ありえないよ。私なんて、挨拶《あいさつ》しても無視されるし、引継ぎも全然してもらえなかった。用があって行ってもけんもほろろな態度で知らん顔されるし、どこからどう見ても失礼で意地悪な人だよ」

「経理来る時は笑顔で感じ良いし、私にも丁寧だよ。ＩＴ部ではそんななの？　信じられない」

「あの人、使い分けてるから」

奈美子さんが絞り出すようなかすれた声で、つぶやいた。

「あの人、人によって態度、露骨に変える。だから、よく知らない人はみんな、良い人だと思い込まされてる。仕事は最低限のことしかしないし、他は全部私に押し付けてくる。でも周囲には全部自分がやってるみたいに見せてて、私は仕事できない人みたいにされちゃってる。何が気に入らないんだかわからないけど、他にもいろいろ、これって嫌がらせだよねってこと、たくさんあるの。取り次いだ電話、私に伝えないなんてしょっちゅうだし、社内回覧のメールからも、気が付いたら外されてた。だから、知らずに失敗したり、ミスが起きたりしてる……」

奈美子さんが泣きそうな表情を浮かべた。

沈黙が私たちを押し包む。

奈美子さんの暗い表情に、彼女が相当に追い詰められてしまっているのが見てとれた。

「同じ部で、相談できる人はいないの？」

ひとみさんが尋ねると、奈美子さんが首を横に振った。

「マタニティリーブの代わりで、所詮《しょせん》は短期の派遣だから、小田さんがいなくなって誰もが大変なこんな時に、私のことに配慮してくれるような人なんていない。できればみんな、これ以上の面倒には関わりたくないっていうのがわかるくらいなんだ」

小田さんがいなくなったことで、佐竹さんがそういうことをしだすというのは、つまり、小田さんはそういう部分もうまく対応していたということだろう。

奈美子さんとは少し席も離れているし、仕事での関わりも少ないから、お互い何をしているかはほとんど知らない。

「人ひとりいなくなっただけで、そこまで影響って出るものなの？」

沙理奈さんが呆《あき》れたように言うと、「出るよ」とあっさりひとみさんが答えた。

「外資系って、例えば社長が変わったら、それまでの会社の組織からルールから、全部変えられちゃうなんてこともよくある。部がひとつ、きれいになくなっちゃうとかもあるくらい。IT部の場合は、小田さんがそれだけ影響力を持って仕事していたってことなんだと思う」

今のIT部は、みんな自分のことでいっぱいだ。

他の人のことまで関わっていられるような状態じゃない。

ましてやそんな女同士の諍《いさか》いともとれることに、対応してくれる人はいないだろう。

何とかしてあげたいとは思っても、私自身、自分のことで精いっぱいだし、佐竹さんのあの冷たい視線の前には無力だった。

「奈美子さん、吐き出したくなったら、いくらでも聞くし、相談も乗るから、無理しないようにして」

沙理奈さんがそう言って、奈美子さんの手を握りしめた。

奈美子さんは下を向いたまま、小さくうなずく。

でも、奈美子さんの考えていることは、私にはわかった。

相談したり、愚痴を言って発散するレベルは、とっくに超えている。

混乱する部内で、奈美子さんは確実に追い詰められていた。


週末、映画を観に行くのは久しぶりだった。

小田さんがいなくなってからは疲れもひどく、気持ちにも余裕がなくて、週末寝て過ごしてしまうことも多かったけれど、今日は違う。

久しぶりの外出、しかも佐田君の誘いだった。

再会してから佐田君とは、近況を知らせ合い、たまに会うようになっている。

食事をしたり、映画を観たりするだけで、ただの友達の域を超えない関わりだったけれど、それでも私たちは以前より近しくなった。

佐田君とのことを考えると、心が躍る。

でもなぜか、友達から一歩先に進む勇気を持てずにいた。

恋愛関係の話を持ち込まないというルールがあるから、トモには相談できないし、派遺仲間のみんなには、今こんなことは話せない。

あれから何度か、アメリカへ行った理由を話そうと思ったこともあったが、結局その機会を逸したままで、そうしているうちに、わざわざ話すこともないかと思うようになった。

佐田君が用意してくれた映画のチケットは、彼の好きな今話題のアメコミヒーローものだった。

正直を言えば、そういう映画はあまり私の好みじゃない。

私が好きなのは、単館上映されるようなマイナーな作品で、芸術系や文学系の映画だが、彼が好きなのはCGを多用したアクションやSF映画だ。

一度、私から観たい映画を提案してみたことがあるが、笑顔で却下されてしまった。

「やっぱりマーベル、さいこーだな！」

映画館を出ても、佐田君はまだ映画の余韻にひたっているようだった。

そうだね、と答えてみたものの、心は沈んでいた。

疲れた身体に、延々と続く大音響と目まぐるしいアクションは耐えがたく、目の奥にあった痛みはひどくなっている。

ここしばらく、休んでも、眠っても、疲れが取れない。

山と積まれた仕事に追われる毎日で、そのせいで消耗しているのもあるが、それ以外にも理由はあった。

陰鬱《いんうつ》とした空気が部内に立ち込めていて、そこにいるだけで、ざりざりがりがりと、音をたてて心身が削られていく。

小田さんがいなくなってから、それは少しずつ大きくなり、今となっては部内に蔓延《まんえん》して、誰もがイライラして尖《とが》っていた。協力的な態度は消え、自分の仕事以外には関わろうとはしなくなり、情報共有すら拒む人までいる。

他人のミスや失敗に手厳しくなり、何か起これば、その責任は誰にあるのかと押し付け合い、厳しい言葉が飛び交う。

それが小田さんを失った今のIT部だった。

金井さんと私の状況も変わった。

以前は笑顔だった金井さんが、今はもう別人のように違う。

詰問口調で話すようになり、何か少しでも気に障ることがあると、ヒステリックな態度を取る。

小田さんがいなくなったことで、金井さんの負担も仕事も増えた。

余裕がなくなってしまっているのはわかるが、きつい口調で叱責《しっせき》されたり、呼び出しにすぐに応じないとあからさまに不機嫌になるという状態が毎日続くと、さすがにつらい。

金井さんに名前を呼ばれると、全身が強張《こわば》り、胃がきゅんと縮んで、肌が粟《あわ》だつようになった。

金井さんは仕事の指示も曖昧《あいまい》で、使用する資料の在処《ありか》もどこだかわからないものが多い。

会議のセッティングも「やっておいて」だけで、誰が出るのか、何が必要なのかをこちらから聞かないと教えてもらえない。確認しようとするとあからさまに、「いちいち聞かないとわからないわけ？」という顔をされた。

そういう状態が普通となった結果、簡単な仕事でも、やたらと時間がかかるようになった。

指示も情報も曖昧だから、確認しなければならないことが多くなる。

奈美子さんの状況も日に日に悪くなっているらしく、最近は食事も喉《のど》を通らないようだった。

ひとみさんの「派遣会社に相談してみたら？」という勧めに、奈美子さんも連絡をいれてみたようだけれど、たいした成果はなかったらしい。

唯一楽しい時間だったランチも、励ましと相談の時間になっている。

へとへとで終わってしまう毎日で、せめて週末だけでも楽しく過ごしたいと思うが、とにかく休みたいと思うばかりで、何もすることができなかった。

だからこそ、佐田君と過ごす休日は、せめて楽しく過ごしたいと思っていたが、なぜか気持ちは落ち込んだままで、どうしても明るい気持ちになれない。

映画の後、佐田君が以前から気になっていたという店に向かった。

「最近インスタで人気の店なんだよ。世界各国のチーズが置いてあって、料理の種類も多いんだ」

出てくる料理は確かにおいしそうだったが、私はほとんど食べることができなかった。けれど佐田君は、そんな私に気づく様子もなく、並べられた料理を次々とおいしそうに頬張っている。

「でさ、課長がそこで、うっかり返事しちゃって、みんな蒼《あお》ざめちゃったんだよね。いやもう、あとで大笑いだったけどさ」

笑いながら話す佐田君に、無理やり笑顔を作ったが、欠片《かけら》も面白いとは思えずにいた。

彼の話に出てくるのは会社の人たちばかりで、話題も会社関係のものしかない。

誰かの近況、誰かの噂話、みんなで笑ったネタ話、そして佐田君が関わる仕事の話。

いつもなら笑顔で聞いていたことも、今日はできなかった。

無理やり作る笑顔の下で、疲れ切った身体は悲鳴を上げ、心はどんどん固くなる。

自分の中で、ぎしぎしと何かが軋《きし》む音が聞こえるようだった。

「高村、なんか今日元気ないみたいだけど、大丈夫？」

突然の佐田君の問いかけに、私ははっと我に返る。

「……あ……ごめん。なんか変だった？」

「いや、いいんだけど、なんかちょっと疲れてるのかなって思ってさ」

「……うん、まぁ、疲れてると思う。会社も仕事もいろいろあって、今、すごく大変な状況なんだ」

　答えた私に、佐田君が「そうなんだぁ……」と応じた。

「同じ部の人が突然会社辞めてしまって、そこからいろいろ起きていて、今、部全体がものすごく混乱していてね」

　佐田君に話を聞いてもらいたい。

　相談に乗ってほしい。

　そう思ったその時、佐田君がいつもと変わらぬ明るい調子で言った。

「まぁさ、せっかくの休日なんだし、仕事のことなんか忘れて、楽しみなよ」

　……え？

　一瞬、何を言われたのかわからなくて、私はぽかんとした。

　佐田君は、その私をいつもの爽《さわ》やかな笑顔で見つめ、大きな声で言った。

「せっかくふたりで会ってるんだし、暗い話とか、わざわざしなくてもいいじゃん？　映画も面白かったし、飯もうまいし、楽しい話してさ、気分変えればいいでしょ？」

　そして、佐田君は目の前に置かれているチーズピザをおいしそうに口にした。

　大皿の上に載ったピザのほとんどは、佐田君がひとりでたいらげていた。

「疲れた顔なんて、高村には似合わないよ。笑顔ではきはきとして、僕の仕事の話とかにツッコミいれてくる元気な高村が、僕は好きだな。それに、高村の会社の話されても、外資系企業とか、よくわかんないしさ」

目の前で明るく笑う佐田君を前に、私の心は冷えていく。

仕事のことなんか忘れろって、今の今まで佐田君自身が、ずっと会社の話していたよね。

そりゃあ、私の話は楽しい話じゃないけれど、私にとっては大きな問題で、大事な話だ。

小田さんが辞めたことで生じている混乱、金井さんの変貌《へんぼう》、奈美子さんのこと、そして仕事のこと。

それを〝忘れて〟、私にはまったく関係のない、佐田君の課の課長が取引先でやらかした失敗話を聞いてあげて、いっしょに笑っていればそれでいいっていうの？

私にとっては関係のない、どうでもいい人の話を笑顔で聞いていろっていうの？

一瞬、全部、叫んでしまいそうになる。

けれど、喉元《のどもと》まで出たそれを、私は無理やり抑え込んだ。

言っちゃだめだ。

そんなことをしたら、佐田君はもう私と会ってくれなくなる。

私は疲れている。

佐田君の言うように、彼の話にも笑えないくらい、疲れてるんだ。

私は顔を上げ、無理やり笑顔を作る。

それを見た佐田君がうれしそうに微笑んだ。

ほっとしながらも、心がゆっくりと冷えていくのがわかる。

ぎしりと軋む音が、また、聞こえたような気がした。

「あのね、私、来週で辞めることになったから」

奈美子さんの言葉に、私と沙理奈さんは驚いて固まった。

「……来週？」

「契約、更新したばっかりだったよね？」

私と沙理奈さんの言葉に奈美子さんはうなずき、「急遽《きゅうきょ》、会社の方から契約終了って言われたんだ」と暗い表情で言った。

「なんでまたそんな突然……」

「佐竹さんからクレームだされたみたい」

「クレームって！」といきり立った私に、「仕事できないし、無責任なことばかりやるので、自分の負担ばかり増えるって、上に報告だしていたんだって」と奈美子さんが小さな声で言った。

そんな……と絶句した私たちの横で、ひとみさんがぼそりと言った。

「いいんじゃない？」

「何言ってるの！　だって奈美子さん、全然悪くないじゃない！」

沙理奈さんが声を荒げたが、ひとみさんはさらりと返した。

「良くない状況でがんばる必要なんかないよ。派遣なんだし、自分にとって、気持ちよく働ける所に移ったほうがいい」

「でも、そんな形で辞めさせられるなんて、理不尽だよ。沙理奈さんの言うとおり、奈美子さん、全然悪くないのに」

「良いとか悪いとか、どうでもよくない？　そんなの、人によって違うんだし。奈美子さん、小田さんが辞めてからずっと嫌がらせに耐えながら仕事してたわけでしょ？　そんなの、我慢する必要なんてないし、意味もないよ。そんなことに時間かけてるくらいなら、奈美子さんにとってもっと楽しく働ける場所を探した方が有意義でしょ？　私たちは派遣で、正社員とは違う。評価もないし、昇給や昇進もないんだから、そんなことで我慢したって意味ないよ」

それはそうだけど……と、私と沙理奈さんは言葉を失くした。

「私の後任、来ないんだって」

「そんな！　だって、人、足りてないじゃない！」

ＩＴ部に、アドミは佐竹さんと奈美子さんしかいない。

奈美子さんが辞めて、佐竹さんがひとりでその業務のすべてを担うのは到底無理だし、そもそも、彼女がそれだけの仕事を引き受けるとも思えない。

奈美子さんが、私を見つめた。

たぶん、今私が考えていることと同じことを、奈美子さんも考えている。

口にしたくない、言葉にするのが怖いことを、考えていると思った。

そして、奈美子さんが会社から去った後、その予感は的中した。

奈美子さんの後任はなしで、マタニティリーブ中の正社員が戻るのを待つということを知らされた。

そして、奈美子さんがやっていた業務は、何の告知もないまま、私にまわされることになった。

「そんなひとさまの仕事まで、引き受ける余裕なんてありません」

人事を前にそう言った佐竹さんに、「私だって忙しいんです」と言い返そうとしたが冷たい視線を前に、口にすることすらできなかった。

そんなことを言えば、私も辞めさせられるかもしれない。

そういう状況を予想していたのか、奈美子さんが丁寧な引継ぎ書を作っておいてくれたが、それを渡されて青ざめた。

想像していた以上に、仕事の量は多かった。

小田さんがいなくなって、私の仕事の量は確実に増えた。

そこへさらに奈美子さんの仕事までやるのは、どう考えても無理だ。

でも、今の私には相談できる人も、助けてくれる人もいない。

そしてそれから、仕事に追われ、残業の日々が始まった。

疲れ果てた中で、なんとか昼休みだけはデスクを離れてゆっくりしようと思ったけれど、沙理奈さんやひとみさんとも、ろくに話もできない。

口を開けば、暗い声で愚痴や文句を延々と並べてしまいそうになる。

心配してくれているふたりを前にして、そんなことをしたくなかった。

いつも憂さ晴らしの話を聞いて笑い飛ばしてくれているトモは、三ヶ月のツアー中でいない。

佐田君からのメールも、返事ができずに放置していた。

正直に現状を話してみようかと考えたこともあったが、いざ話すとなれば、会社のこと、仕事のこと、今の自分の状況も伝えなければならない。

会社のことを話そうとした時の佐田君の言葉が、それを拒んだ。

あれは、聞く気がないという態度だった。

話せば嫌われる。

そう思うと、話してみようかという気持ちも消えた。

そうしているうちに、会いたいという気持ちより、早く帰りたい、早く眠りたいという気持ちの方が大きくなって、佐田君のことが遠くなった。

ずっと頭の奥に鈍い痛みがある。

くたくたに疲れているのに、なかなか眠れない。

ご飯も喉《のど》を通らなくなった私に、ひとみさんが言った。

「貴美子さん、奈美子さんの仕事をやるのは、貴美子さんの派遣契約にないでしょ？

派遣会社に連絡した？　連絡して、派遣会社に対応してもらったほうがいいよ」

うなずいてはみたものの、結局ゴードン・ジャパンには連絡していない。

ゴードン・ジャパンに連絡をいれたところで、IT部の状況が変わるとは思えなかったし、鈴木さんに自分から、仕事ができない人間だったと伝えることになる。

そんな中、週明けの昼過ぎ、ランチから戻った金井さんが私を部屋に呼んだ。

「なんか最近、高村さん、パフォーマンスが落ちてるってクレームきてるのよね。小田が辞めた後、仕事もいい加減になってるって話なんだけど」

誰がそんなことを言ったんですか！　そう言いそうになるのを抑えて、できるだけ穏やかな声で言った。

「小田さんが辞めた後、仕事が増えているところに、先日、派遣の東さんも突然辞められて、その仕事も私がやることになってしまったので、今、とても忙しい状態で、かなり無理が出ています」

「まぁ、小田がいきなり辞めたのは、確かに大きいかもしれないけど」

何を言ってるのかと思った。

小田さんは自分から辞めたんじゃない、金井さんが辞めさせたんじゃないか。

「正直、高村さん、最近ミスが増えてるし、気にはなっていたのよね。依頼したこと、後回しになってたり、私の言ったとおりのもの、出てこなかったりしてるし、かなりいい加減に仕事してるって印象なんだけど」

ぶわっと全身の毛穴が開くような感覚が襲ってきた。

ミスが増えてるのは確かだが、決していい加減な仕事なんかしていないし、金井さんの仕事は優先的にやっている。

「他で評判悪い上に、パフォーマンスも落ちてるってことになると、正直、辞めてもらうしかなくなるわね。私も忙しいし、言うとおりにできないのなら、秘書の仕事になってないってことでしょ？」

全身から血の気が引いた。

辞めてもらう。

その言葉が、冷たい氷柱《つらら》となって私を貫いた。

よろよろと金井さんの部屋を出て、オフィスを見渡す。

仕事してないとか、いい加減なことをしているとか、いった誰がそんなことを金井さんに言ったんだろう。

真っ先に佐竹さんを考えたが、ふと、日高さんだって何を言うかわからないじゃないかと思った。

ぎすぎすした部内で、足の引っ張り合いなんて、日常茶飯事になっている。

もう誰も信じられない。

小田さんが突然オフィスを去った時も、奈美子さんが不当に辞めさせられたことにも、みんな我関せずだった。

誰が何をされようと、追い詰められていようと、みんな知らん顔だ。

その時、唐突に私の脳裏に、保科さんが残したメールが浮かんだ。


『何度もお伝えしたように、もう限界です。

人事としての対応をお願いします。

お願いします。

助けてください、お願いします。』


保科さんは、身体を壊して会社を辞めたと聞いた。

違う、そうじゃない。

たぶん、同じようなことが起きたんだ。

奈美子さんに起きたようなこと、私に起きているようなことが、保科さんにも起きたに違いない。

人事の江口さんに訴え出ても、助けの手は差し伸べられなかった。

そして、保科さんは会社を去った。

だとしたら、私に助けの手を差し伸べる人もいないだろう。

ちゃんとやらなければ、会社を辞めさせられてしまう、辞めなければならなくなる。

きちんと仕事もせずミスが多い、仕事ができない人間だというレッテルを貼られてしまう。

もっとちゃんとやらなければ。

みんなの要求にきちんと応じて、金井さんにもちゃんと仕事していることを証明しなければ。

デスクに戻って、ＰＣを見つめる。

金井さんから渡された資料が画面に映し出されていた。

それを見つめる私の耳から、オフィスのざわめきがゆっくりと遠のいていった。

「このグラフ、ちょっと見にくいでしょ？　もっとはっきりした色、使った方がいいと思わない？」

アメリカとの会議で使うプレゼンテーション資料の作成はなかなか終わらなかった。

日程にどれほど余裕があろうと、金井さんがプレゼンテーション資料を作り始めるのはいつもぎりぎりになってからだ。

紙にざっくりと描いたものを渡されるが、字が汚いから読み解くのにも時間がかかる。参照するデータも、「確かあったはず」というような曖昧《あいまい》な指定ばかりだから、該当しそうなものを大量のファイルやデータから探さなければならない。

そこへもってきて、金井さんは最後の最後まで、ああでもないこうでもないと、細かい修正をしたがった。

資料の作成は私の仕事ではあるけれど、金井さんの気分でいきなり頼まれることが多く、帰ろうとした間際にいきなり渡され、今日中に作ってほしいなんて言われることもしょっちゅうだ。

帰る支度をしている時に金井さんに呼ばれて資料作成を頼まれ、帰りに沙理奈さんとお茶をする約束がドタキャンになったこともある。

「気にしなくていいよ」と言ってくれた沙理奈さんは、むしろ私を心配した。

「貴美子さん、こんな状態で仕事してると壊れちゃうよ。真面目にやろうとするのは大事だけど、無理しすぎてるんじゃない？」

心配してくれる気持ちはうれしかった。

けれどその反面、心の隅の暗い場所で、「やらなかったら辞めさせられる私の気持ちなんて、わからないでしょ」と別の私が皮肉っぽくつぶやく。

日高さんも、以前と変わらぬ態度で、時々私に声をかけてくれる。

けれど、「私のことを悪く言ってるのは、この人かもしれない」と心のどこかで思っている自分がいた。

誰かと会うのも鬱陶《うっとう》しく感じられ、長い時間座っているのも苦痛になり、好きな映画も観に行かなくなった。

仕事が終わればまっすぐ家に帰り、リビングのソファに倒れ伏してそのまま朝を迎え、週末は起きることすらつらくて、ベッドの中で寝て過ごした。

話すことも億劫《おっくう》になり、心は虚《うつ》ろになった。

そしてそれは、金井さんがアメリカとビデオ会議をやった次の日の朝、起きた。

「あなた、私の言ったこと、何、聞いてたの？」

出社するなり、金井さんは私を部屋に呼び、そして大声で言った。

「十七ページの三行目のところ、あれ、消してって言ったでしょ？　サイモンにいきなり突っ込まれて、何も用意してなかったから、答えられなくて恥かいたわよ。何あれ」

何のことを言われているのかわからず、慌てて該当部分を確認して、固まった。

私じゃない。

そこ、金井さんは消してほしいなんて言ってない。

最後の最後で、金井さん自身が付け加えた部分だ。

やっと終わったと思って帰りの準備をしていたところで、いきなりまた呼ばれて付け加えた箇所だからよく覚えている。

こういうことはしょっちゅうあった。

自分が言ったことを忘れる、あるいは忘れたふりをする。

そして、私のせいにする。私が勝手にやったこと、私が間違ったこと、私がうっかりやらかしたことにする。

それを指摘すれば、叱られ、怒鳴られた。

言った、言わないの話になれば、立場上、私は金井さんに口ごたえし、逆らったことになる。

「なんでそういうミス、起こすのかしら。正直、信用できないレベルになってるんだけど、自覚ある？　やる気があるように見えたし、期待してたけど、私の思い過ごしだったのかしらねぇ。ここまで使えないなんて、思ってもいなかったわ」

冷たい声で金井さんが言った。

その時、ぱきんと、何かが私の中で割れた。

「私じゃありません」

声が震えていた。

「私がやったんじゃありません。指示のないことなんて、しません、できません」

身体ががくがくと震えだす。

「金井さんがやれって言ったからやったんです。私のせいにしないでください」

足の力が抜けて、倒れそうになる。

なんとか自分を支える私の前で、金井さんが紅い唇を歪《ゆが》めた。

「あなた、自分が何言ってるか、わかってる？」

「わかってます。わかってるから言ってるんです。私がやったんじゃありません。金井さんの指示通りにやっただけです」

ゆっくりと金井さんが立ち上がった。

震える身体を必死に抑え、やっとの思いで立っている私の前で、金井さんが片方の眉《まゆ》を上げて、冷たい笑みを浮かべ、そして言った。

「やっぱり、秘書の経験ないのに偉そうなこと並べて、語学留学したくらいでいい気になってるレベルの低い人、雇ったのは失敗だったわね。少しはがんばってくれるかと思っていたけれど、期待外れもいいところだったわ」

駆け込んだトイレで、洗面台に両手をついて、震える身体を抑えようとした。

でも、どうやっても震えは収まらなかった。

涙があとからあとから流れ出て、洗面台にぽたぽたと落ちた。

立っているのもやっとで、自分が何をしているのか、どうなっているのかもわからない。

もう無理だ。

これ以上は無理だ。

もう無理だ、がんばれない。

どうしていいかわからないよ。

もうだめだよ。

崩れ落ちそうになったその時、誰かが私の腕を掴《つか》んだ。

「大丈夫。大丈夫だから」

……誰？　と、朦朧《もうろう》とした意識の中でその人を見た。

ひとみさんだった。

「私に摑まって。大丈夫。大丈夫だからね。ゆっくり、ゆっくりね」

反対側の腕を、別の誰かが摑んだ。

法人営業の秘書の山田さんだった。

ふたりは私の身体を抱きとめて、ゆっくりと床に座らせた。

「過呼吸になりかけてる。ひとみさん、ペーパーで口おさえて」

その瞬間、私の口にトイレットペーパーの束が押し付けられた。

「ゆっくり呼吸して。ゆっくり、ゆっくりね。大丈夫よ。大丈夫だからね」

ひとみさんが私を抱きしめるのがわかった。

「大丈夫、大丈夫」

囁《ささや》くように言い続けるひとみさんの声に、山田さんの声がかぶさる。

「落ち着いてきました。大丈夫そうです」

口に押しつけられたペーパーの塊に必死に呼吸しながらふと見上げると、そこには、心配そうに私を見つめる日高さんの顔があった。

身体を強張《こわば》らせた私を、ひとみさんがぎゅっとまた抱きしめた。

その瞬間、私の口から嗚咽《おえつ》とも呻《うめ》きともわからない、低い声が大きな音で漏れた。

それと同時に、涙がどっと流れ出る。

山田さんと日高さんを前に、私はひとみさんの腕の中で、声を上げて泣いた。

ゴードン・ジャパンに電話をすると、担当の田丸さんではなく、鈴木さんが出た。

会社で倒れ、そのまま早退し、その後二日休んでいることを告げると、鈴木さんの声に緊張が走った。

「何かありましたか？」

そう聞かれて、何をどう言おうかと迷って言葉に詰まった私に、鈴木さんが言った。

「正直に言ってください。そうでないと、私たちも対応できませんし、高村さんを守れません」

長い時間をかけて全部話した。

小田さんのこと、保科さんのこと、奈美子さんのこと、佐竹さんのこと、そして金井さんのこと。

時々、胃がきゅうっと縮んで凄《すさ》まじい吐き気が襲ってきたり、震えが走ってしゃべれなくなった。

でも、鈴木さんは何も言わずに、最後まで話を聞いてくれた。

「高村さん、今はどうですか？　大丈夫ですか？」

食欲はほとんどなく、頭の奥に鈍い痛みがずっとある。夜もあまり眠れない。会社のことを考えると身体に緊張が走り、震えがきて吐き気が襲ってくる。

それを正直に伝えて「すみません」と言うと、鈴木さんは「高村さんが謝る必要はありません」ときっぱり言った。

「モンゴメリーでの仕事は終了しましょう。これ以上仕事を続けるのは無理だと思いますし、続ける必要もありません。今はとにかく早く体調を戻して、元気になってください、必要なら病院に行ってください」

「……あの、それは、会社を辞めさせられるってことでしょうか？」

思わず尋ねると、鈴木さんが「何を言ってるんですか。こちらから契約終了するんです」と言った。

厳しい声だった。

「こちらとしては、穏便にすませるために、高村さんの体調を理由にする形にしますが、個人的に言わせていただければ、普通に業務を行える環境ではありませんし、そのような状況でもありません。ですから、高村さんが責任を感じたり、自分を責めたりする必要はありません。契約については私のほうできちんと収めますから、高村さんは何もする必要はありません。こちらの対応が終わり次第、連絡しますから、それまではゆっくり休んでください」

「いろいろありがとうございます」

かすれた声でお礼を伝える。

「もっと早く相談してほしかったです。そうしていたら、高村さんがここまで追い詰められる前に、こちらでも手を打てました。もっと信頼してください。私たちはそのためにいるんですから」

ありがとうございますともう一度言って、電話を切った。

電話を切って、思わず「ごめんなさい」と言った。

言った途端、涙がこぼれた。

やるせない気持ちで、胸がいっぱいだった。

体調不良を理由に、モンゴメリー生命での仕事の契約は打ち切りという形になった。

過呼吸の発作を起こして帰宅した後、出社できずにいたけれど、辞めるに際し会社に行くことに決めた。

私物がまだデスクに残っていたし、IDカードなどの返却もしなければならない。

お世話になった人たちにも、お礼を言いたかった。

倒れてから十日経っていた。

ゴードン・ジャパンの鈴木さんと田丸さんが心配して、付き添ってもいいと言ってくれたが、私はそれを断り、昼休みを狙ってひとりで会社に向かった。

法人営業部に行って、ひとみさんと山田さんに頭を下げてお礼を言ってから、「どうしてあそこにいたんですか？」と、ずっと気にかかっていたことを尋ねた。

法人営業部は別のフロアにある。

ふたりがそろって、偶然IT部のフロアの女子トイレにいるとは考えられない。

ひとみさんと山田さんが、一瞬顔を見合わせた。

「自分で気が付いていなかった？」

ひとみさんの問いに、何を言われているのかわからずきょとんとする。

「高村さん、お手洗いで悲鳴上げてたのよ。それを日高さんが電話で知らせてきたの」

「悲鳴を上げてた？」

「そう。私と山田さんが行った時も、ものすごい声上げてたんだよ。絶叫しながら、泣いていたの」

全然覚えていないし、そんなことをしていた自覚もなかった。

「日高さんが女子トイレ、入るわけにもいかないでしょ？」

そう言って、山田さんがちょっとだけ笑った。

「私たち、保科さんの時のこともいろいろ知っていたからね」

ずっといっしょにランチをとっていたひとみさんが、それを私に話したことは一度もない。

余計なことは知らなくていいと言われたことは覚えている。

あれは、いらぬ不安や心配を私にさせないための配慮だったのかもしれない。

ここにきてすぐ、山田さんに叱られてから、ずっと怖い人だと思っていたし、ひとみさんにも、奈美子さんや沙理奈さんのような親しみを感じられずにいた。

でも、日高さんの電話に、すぐさま駆けつけてくれたのはこのふたりだ。

心のどこかで気にかけていてくれたからこそ、咄嗟《とっさ》に助けの手を出すことができたに違いない。

そう思った途端、感謝の気持ちでいっぱいになった。

そこへ、沙理奈さんが来た。

「貴美子さん、今日来るって聞いてたから」

そう言って、沙理奈さんが小さな花束を差し出した。

「貴美子さん、がんばったよ。とってもがんばったと思う。無理せず、しばらくゆっくり休んでね。元気になったらまた連絡ちょうだい。奈美子さんも呼んで、四人でまたおしゃべりしましょう」

その後、私は山田さんに付き添われて、ＩＴ部に向かった。

「今日は金井さんいないから、大丈夫よ」

山田さんが小さな声で教えてくれた。

扉が開くと、みんながいっせいに私を見る。

日高さんといっしょに何人かの人が「大丈夫？」と心配そうに駆け寄ってきた。

その人たちにお礼を言ってから、デスクに置かれた私物をまとめ、そしてオフィスを見渡す。

私を見ている人がいる。

何も起きていないかのように、仕事に向かっている人もいる。

佐竹さんも、私に背中を向けたままだ。

各チームのリーダー、親しく話をさせてもらった人たちに挨拶《あいさつ》をしてからエレベーターホールに向かった私を、山田さんと日高さんが見送ってくれた。

「日高さん、本当にいろいろありがとうございました」

頭を下げた私に日高さんが、いつもと変わらぬあの癖で、頭をぽりぽりと掻《か》いた。

「僕はなんにもしてないし、できなかったからさ。そんな礼言われるようなこと、何もないよ」

そう言った日高さんに、私は心の中でごめんなさいとつぶやいた。

日高さんのことまで疑った。

悪口を言われてるかもしれないって思ってた。

助けてくれないって、恨んでた。

でも、今ならわかる。

日高さんは日高さんの立場から、ずっと私を心配してくれていたんだ。

ちん！　と音がして、エレベーターの扉が開く。

乗り込もうとした私の背中に向かって、日高さんが言った。

「高村さん、がんばったと思うよ。みんな、何も言わないけれど、ちゃんとわかってる。結果はあとから、必ず君に返ってくるよ」

振り返ると、日高さんが笑いながら手を振っていた。

閉まる扉の向こうにみんなの姿が見えなくなる。「ありがとうございました」と、誰もいないエレベーターの中で、私は小さな声でつぶやいた。

数日後の夜、奈美子さんから『話さない？』とLINEがはいった。かかってきた電話で心配そうに言った奈美子さんに、思わず「奈美子さんのほうこそ、もう大丈夫なの？」と言ってしまう。

「大丈夫？」

一瞬ふたりで黙り込み、そして私たちはいっしょに笑い出した。

奈美子さんがモンゴメリーを去ってから、二ケ月が経っている。自分のことでいっぱいいっぱいで、ずっと連絡できずにいた。

「私、二週間前から、日系の会社の総務で働いているの。紹介予定派遣で、問題なければ、契約社員になれるの」

「よかったね!!」と喜ぶ私に、奈美子さんが「ありがとう」とうれしそうに答えた。

「私、貴美子さんのこと、ずっと気になってたの。私が辞めた後、佐竹さんのターゲットが貴美子さんになるんじゃないかって。だから沙理奈さんからメールが来た時、すごいショックだった。とんでもないことになってたんだね」

自分がそんなひどい状態の中にいるって、気が付いていなかった。

大変な状態なのはもちろんわかっていたけれど、鈴木さんの言うような、〝まともに働ける状態じゃない〟ことまで理解していなかった。追い詰められ、疲弊して感覚が麻痺《まひ》し、判断がつかない状態になっていたのだと思う。

「あのね、もしかしたら聞きたくないことかもしれないけど、金井さんのこと」

その名前を耳にした瞬間、身体が強張《こわば》った。

「金井さんの部屋に、雑誌の記事、額にいれて飾ってあるの、覚えてる？」

覚えてるも何も、仕事が始まった時に、金井さん自身が見せてくれたものだから、しっかり記憶に残っている。

ビジネス雑誌のキャリア女性特集で、前の会社にいた時の金井さんが大きく写真掲載され、キャリア女性の代表のひとりとして取り上げられた記事だ。

結婚したが、キャリアの道を捨てきれずに経験と実績を積み、外国人エグゼクティブたちもその能力と努力を高く評価していると書かれてあった。

「あれ、会社側が広告宣伝費出してる提灯《ちょうちん》記事なんですって」

「どういうこと？」

金井さんが自慢気に見せてくれたあの記事は、会社側がお金を出して用意したもので、私たちが考えるような、取材で書かれた記事ではないのだと教えてくれた。

「あの記事は、前の会社に入社した時に作られた記事なんだって。でも金井さん、それからしばらくしていろいろ問題起こし始めて、その会社、一年半でクビになったんだそ

の」

「今の会社に、その時その会社の人事だった人がいるの。それでいろいろ教えてくれたうよ。表では自主退職ってことになったらしいけど」

「奈美子さん、なんでそんなこと知ってるの？」

奈美子さんはそこで声を落とした。

「金井さん、その会社でも外国人にはいい顔してたけど、仕事は滅茶苦茶《めちゃくちゃ》で、誰彼となく当たり散らしてパワハラしてたんだって。メンタルやられて病院通いになったり会社辞めた人が大勢出て、ひどいことになったって言ってた」

「……そんな……」

「そういうのって会社側も表沙汰《おもてざた》にしたくないから露見しにくいって、その人言ってた。でもその会社の人事では、他の会社から問い合わせがきたら、全部正直に伝えるって決めていたんだって」

奈美子さんの話に、ふと、小田さんの言っていた言葉が蘇《よみがえ》った。

『外資系企業で働く素敵な私！　みたいな本とか記事とか、真に受けてると馬鹿を見ますよ。あんなのは所詮《しょせん》は作られたもので、まともに働いている人たちのほとんどはあんなもの書かないし、派手で目立つ所には出ていきません』

小田さんはこのことを言ってたんだ。

そう思った途端、今まで読んできた、海外留学で成功した私！　外資系でキャリアを積んだ私！　みたいな本のすべてが輝きを失った。

全部が嘘というわけじゃないだろうけれど、自分がアメリカに行き、外資系で働き始めてわかった。

本にあるみたいなドラマチックなことは、現実には滅多に起きない。

そして海外留学も、外資系で働くことも、英語で仕事をすることも、特別なことでもなんでもない。

ゴードンの鈴木さんも、トランスバイルの水野さんも、そういうことを特別なこととは思っていなかったし、ひけらかすこともなく、すごいことだとも思っていなかった。

小田さんも山田さんも日高さんも、同じだと思う。

仕事をきちんとする。

責任と義務をきちんと担い、やるべきことをやる。

みんなに共通するのは、それだ。

華やかな体験を綴《つづ》った本を読んで、あんなふうになりたいってずっと思っていた。

彼女たちに、あこがれていた。

でも、鈴木さんや水野さんが誉めてくれたのは、私の真面目さだ。

日高さんはがんばったよと言ってくれた。

英語のスキルでもなければ、アメリカに行っていたことでもない。

みんなが誉めてくれたのは、私だ。私自身だ。

「貴美子さん、もう、次の仕事探しは始めてるの？」

奈美子さんの問いに、「ううん、まだなんだ……」と答えると、「うん、わかる、とっても怖くなっちゃうよね。次の職場もどんなところかわからないし、また何かあったらどうしようって思うよね」と奈美子さんが細い声で言った。

「大丈夫とは言えないけど、でも、同じってことはないよ。今の会社にもいろいろな人がいるけれど、私、前より、良い部分と悪い部分、見られるようになった気がする。それで、冷静に判断したり、対応できるようになった気がするの」

そう言って、奈美子さんは小さく笑った。

「次の仕事が、貴美子さんにとって素晴らしいチャンスになるかもしれないし。後ろ向きになっちゃいそうだとは思うけど、悪いことばかりとは限らないよ。ゆっくり休んで、英気蓄えて、ぜひ、次のスタートがんばって」

辞める時、あんなに疲れ切って悲しそうだった奈美子さんが、こんなに元気になってる。

よかった。

そう思った。

私も元気になれるだろうか。

奈美子さんのように、自分にあった仕事に、働きやすい良い会社に出会えるだろうか。

奈美子さんの声を聞きながら、私は自分に問いかけた。


一週間後、鈴木さんから連絡があり、私は広尾《ひろお》に向かった。

指定されたのは、駅から少し奥まった場所にある、小さな庭を望むこぢんまりとしたカフェだった。


「田丸もとても気にしています。身体の調子はいかがですか？　大丈夫ですか？」

大きなサラダボウルを前に、鈴木さんが私をまっすぐ見つめる。

食欲も戻ってきて、眠れるようにもなった。

でもまだ、次の会社に向かう勇気が湧いてこない。

怖かった。

どんな人がいるか、何が起こるか、わからない。

それを考えると、身体は竦《すく》み、心臓がどくどくと音を立てる。

なんであんな会社を紹介したんだと、鈴木さんたちを一瞬恨む気持ちになったこともあった。

けれど、全ての会社、そこにいる人々のことをエージェントが全部把握できるわけじゃない。

今は、できる限りの対応を迅速に行ってくれた鈴木さんたちに感謝の気持ちしかなかった。

「まだちょっとつらいです」

「あんなことがあれば、それは仕方ないですよね」

「いろいろな人がいるんだってわかりましたが、金井さんみたいな人が部長だってことや、仕事をしない人や表だって嫌がらせする人が辞めさせられずにいること、ちゃんと仕事している人が会社を辞めさせられることとか、そういう理不尽なことには今も納得できないし、理解もできません」

鈴木さんは少し間をおき、そして口を開いた。

「外資系企業というのは、本当にいろいろな形があります。日本では当たり前のことがまったく通用しないこともよくあるし、常識を疑うようなことも普通にあります。残念ながら、今回高村さんに起きたようなことも少なくありませんし、会社がそれに対応してくれるとも限らない」

鈴木さんの言葉に、私はうなずく。

保科さんや小田さん、そして私を追い詰め辞めさせた金井さんは、何の咎《とが》も受けることなく、今も会社にいる。

人事の江口さんは、最後まで無関心だった。

保科さんのあの悲痛なメールにも、きっと同じ対応だったのだろう。

「もし、私がもっと早く、鈴木さんや田丸さんにお話ししていたら、結果は違ったんでしょうか」

「違いました」

鈴木さんははっきりと言った。

「高村さんはあくまでも派遣社員です。契約にない仕事をさせるのは、基本、ありえませんし、違反行為となります。そうしなければならない場合は、契約書を作り直し、契約内容を見直す必要があります。正社員の話をむやみに本人にするのも、良いやり方とは言えません。本来なら、そういう話は私どもを通してしかるべきですから」

軽率だった。

口先だけの言葉に、いい気になってひとりで舞い上がっていた。

私の前に数ヶ月だけいて辞めてしまった派遣社員は、早い時期に状況を察して自分から去ったんだろうと、最近になって気が付いた。

「自分の行く会社は、自分で選ぶんですよ」

かけられた言葉に顔を上げると、そこには真剣な表情を浮かべた鈴木さんの顔があった。

「まだ経験の浅い高村さんには難しいかもしれませんが、面談では、企業も高村さんを見ますが、高村さんも企業を見るんです。短い時間ではなかなか難しいことですが、何をもって納得するか、何がその会社で良いと思ったか、自分の中でクリアにすることが大事です」

自分も会社を見て選ぶ。

考えてもみなかったことだが、確かに顔合わせの後、フランクさんも田丸さんも、どうだったか？　この仕事を受ける気持ちはあるか？　と、確認してくれた。

その会社で働くかどうかは、私自身にも決める権利がある。

会社が雇用する人間を選ぶだけじゃないんだ。

ランチを終えて別れ際、鈴木さんが「よかったら、そろそろ面談をいれましょう。気持ちを切り替えることも必要ですし、良い出会いもあると思いますよ」と言ってくれた。

帰宅すると、トモがちょうど、大きなスーツケースの中身を出して、洗濯しようとするところだった。

げっそりやつれた私を見て驚いたトモに、モンゴメリーであったことを話すと、「ひでぇ！　何それぇ！」と大声で怒りだした。

それから、「でもさ、そこで社員とかにならなくて、よかったじゃん」と、さらりと言った。

「そりゃ、今の貴美には、秘書で正社員とか、超おいしい話だと思うけど、そんな所で正社員になったら、クソな奴らと大変な思いしながら仕事しなきゃならなかったってことでしょ？　派遣だから、エージェントにはいってもらってさくっと辞められたわけで、そうじゃなかったらもっと大変なことになったんじゃないの？」

たぶん私は、口を開けて馬鹿みたいな顔をしたと思う。

「何、今気が付いたの？」

トモが呆《あき》れたように言った。

「……正社員になれるって言われて、なんかそれが一番重要なことに思ってたわ」

「ばっかじゃないの？」

トモがさらに呆れた。

「うまい、おいしいことばっかり並べる奴に、ろくなのいたためしないって世界の常識だって。そんなこと言うなら契約書持ってこいって、まずそれでしょ？」

投げつけるようなトモの言葉に、私は吹き出す。

「笑うところじゃないよ」と憮然《ぶぜん》としたトモだったけれど、私にはありがたかった。

もっとしっかりしなきゃだめだ。

こんなことでくじけてはいられない。

「そういうトモは、ツァーどうだった？」

「疲れたけど、よかったよぉ。いちばん盛り上がったのは、福岡かなぁ」

私の知らない世界を、トモが語りだす。

その日は深夜まで、私たちはずっとおしゃべりを続けた。

SCHÜTTLER
シュットラー

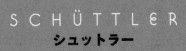

次の仕事は、シュットラーという目黒にオフィスを構えるドイツの企業に決まった。

自動車や鉄道などの機械機器を製造する会社と聞いたが、正直、何をしているのかよくわからない。

日本に法人を作った外資系企業としてはかなり古い歴史を持つ会社で、日本のオフィスは社員千人を超えるという。

仕事はアドミで、長谷川電気工業でやっていた仕事と変わらない。

面接した部長の梶《かじ》さんは、ちょっとダンディーな雰囲気のさばけた感じの人で、私を見るなり、「真面目そうだねぇ」と笑った。

ひと通りの事務仕事をできるかだけ確認され、英語についても、電話やメールで使うこともあると言われただけだった。

「外資ったって、そんな英語使うような感じでもないし、真面目に働いてくれる人ならそれでいいんだよね」

そう言って梶さんがにやっと笑い、面接は終わった。

面接で真面目じゃない人なんているのかなぁと考えていたら、二時間後に鈴木さんからＯＫの返事があったと連絡がきた。

初日、IDとPCを受け取った後、ビルの十階にあるオフィスに案内された。オフィスの中は窓に向けてデスクが島状で置かれていて、レイアウトは日本企業のそれと同じだった。

私が働く海外事業部は六人のスタッフ以外に、他の国のシュットラー社員がプロジェクトごとに来日する。

仕事には来日するその人たちのサポートも含まれていて、現地に行くまでの交通機関や宿泊先の手配、必要な場合は、来日のための書類を作成する仕事があった。

部は梶さんの他に、四十代の園《その》さんと馬場《ばば》さん、五十代の神戸《かんべ》さんと朴《パク》さん、そしておそらく私とそう年齢の変わらないマイク・ハーディというアメリカ人がいた。

それぞれに挨拶《あいさつ》をした私は、マイクを前にして一瞬言葉に詰まり、うっかり顔を赤らめてしまった。

金髪に青い目のマイクは背も高く、ハリウッドの俳優かと思うほどかっこいい。けれど、アメリカ人だと思って英語で自己紹介した私にマイクが返したのは、日本語だった。

「俺、日本生まれの日本育ちで、日本語ネイティブだから」

冷たく言い放ったマイクに「す、すみません……」慌てて謝ると、隣にいた神戸さんが「マイク、そんな態度、失礼でしょ」と笑ってたしなめたが、マイクは憮然《ぶぜん》として私から顔をそむけた。

「マイクね、社内で英語で話しかけられると誰にでも機嫌悪くなるから、無視していいよ」

梶さんがマイクに聞こえるように、大きな声で言って笑った。

「マイクはイケメンだけど、他がおっさんだから、バランス悪いよね」

朴さんの言葉に、みんなが声を上げて笑っている。

「この部ね、アドミの人なしでずっとやってきたんだけど、梶さんがもう無理！　って、上にかけあってあなたに来てもらったの。よろしく頼みますね」

そう言って、朴さんは会社のことをいろいろ教えてくれた。

海外事業部は、取引先の日本企業が海外に置く工場に製品や部品を納め、そのメンテナンスを行う仕事をしている。

朴さんと馬場さんは技術畑の人で、日本にいて海外の技術者とのやり取りをメインに担当しており、マイクは海外のスタッフとの折衝を担当、梶さんと神戸さん、園さんは日本企業向けの営業で、客先の工場や現地オフィスへの海外出張も多い。

長めの髪におしゃれな色のフレームの眼鏡をかけている梶さんは、営業マンというより広告代理店の人みたいに見えるし、園さんは七三分けのヘアスタイルで公務員、神戸さんは穏やかな感じで、学校の先生のようだ。

「神戸さんはね、生え抜きだよ。仕事でそれこそ、世界中をまわってきてる人だからね」

斜め前で電話をしている神戸さんの手を見ると、薬指に指輪がないことに気が付いた。結婚していないのかなぁと思ったが、考えてみれば、今まで働いた外資系企業では、独身の人が多かったように思う。小田さんも日高さんもそうだし、ゴードン・ジャパンの人たちもそうだった。

　はっきり自分から未婚既婚を言ったのは、金井さんと沙理奈さんだけだ。

　日本の会社にいた時は、恋愛や結婚について個人的なことが話題に出るのは当たり前だったが、外資系企業ではその種の話が会話に上ることはほとんどないし、そういう話題をもちかけてくる人はいない。

　ランチタイムをいっしょに過ごした沙理奈さんやひとみさん、奈美子さんとは、それぞれの趣味の話や仕事の話はよくしたが、噂話やテレビ、芸能関係の話題がのぼることもまずなかった。

　プライベートな話題が出ることは稀《まれ》で、沙理奈さんがたまに子供たちの面白い行動を話して、みんなで笑うくらい。

　むやみに相手に立ち入らないということは、相手もむやみに私の中に踏み込んでこないということにつながる。

　今はそういう状況が、私には気楽で心地よいものになっていた。

　そして、シュットラーでの仕事は穏やかに始まった。

　みんなの経費精算、電話の対応、書類の作成、海外からやってくる技術者の受け入れ業務と連絡。

梶さんと園さんはほとんど会社におらず、朴さんと馬場さんはたいていラボにはいっていて、デスクにいるのは神戸さんとマイク、そして私の三人。

アドミの仕事やシステムについては、隣の部署の原《はら》さんが教えてくれた。

原さんは私よりずっと年上で、ベテランの風格を感じられて近寄りがたい雰囲気だが、仕事の教え方は丁寧で、何かあればすぐに対応してくれた。

当たり前のことだけれど、モンゴメリー生命でのことがあったからこそ、それがとても大事だとわかる。

原さんも佐竹さんと同じく、余計なことはいっさい言わず、余計な仕事はいっさい受けない。

けれどそれは、佐竹さんとは違って、やるべきこと、必要があることを把握していて、けじめをつけているという感じがした。

マイクは相変わらず無愛想で、初対面からずっと怖いままだった。

いっしょに仕事をしているうちに、至って普通できちんとした人だとわかったけれど、なまじ見た目にやたらとかっこいいことに、彼自身が鬱陶《うっとう》しく思っていると気づいた。

最初の印象がお互いによろしくない形になってしまったままで、残念ながらそれはまだ挽回《ばんかい》できていない。

そんなある日。

営業のイントラにアクセスできなくて悪戦苦闘していた私の背後から、「そこ、パスワードいれないとアクセスできないですよ」と声がした。

びっくりして振り返ると、私の後ろにとてもきれいな人が立っていた。

フロアの端にあるマーケティング部の人だ。

すらりと背が高くてスタイルも良く、とても目立つから、彼女のことは入社したときから気になっていた。でも、名前はまだ知らず、どんな仕事をしているのかもわからない。

「PCにログインする時のパス、ここにいれるんです」

彼女が指した箇所にIDを入力すると、すぐにアクセスできた。

「ありがとう」

すると、私の肩越しに、彼女は斜め前に座っているマイクに向かって、「どうして教えてあげないのですか？　マイク、大人気《おとなげ》ないですよ」と言った。

はっきりした物言いにマイクは苦い顔をして、「ごめん、でも、本当に気づかなかったんだ」と素直に返してきた。

「マイクはへそ曲がりですから」

そう言って爽《さわ》やかに笑った彼女は、「私、ファン・リーリー。マーケティングでイベントの企画運営や宣伝関係の仕事をしています」と自己紹介した。

「中国の方ですか？　日本語、とても上手ですね」

リーリーは微笑み、「日本の大学卒業して、それからずっと日本にいますから」と答えた。

そして小声で、「マイクは、かっこいいガイジンと言われるのが嫌いなんです。自意識過剰です」と、ふふふと笑った。

「この会社は、外国人多いですけど、みんな日本語上手です。うちのセクターも、マイクでしょ、朴さんでしょ、ツィーグラーさんでしょ、私、みんな日本語できますよ。できないのはセクターリーダーのヴェルトミュラーさんだけ」

確かに、マイクの日本語も朴さんの日本語も日本人と話しているのと同じだし、リーリーもほとんど違和感がない。

会話も書類もメールも日本語がメインで仕事が行われる中で、外国人社員も問題なく仕事をしているというのはすごいことだ。

日本語は、平仮名、カタカナ、漢字と三種類の文字があるうえに、読み方や呼び方も違うし、敬語の種類も多い。アメリカにいた時、日本語を勉強しているという人に何人か会ったことがあるけれど、みんなとても苦労していた。

感心していたら、リーリーから「貴美子さん、よかったら今日、いっしょにランチ行きませんか？」と誘われた。

この会社に来て、初めてのランチの誘いだった。

「ぜひごいっしょさせてください」と答えると、リーリーはとっても素敵な笑顔でうなずいた。

「私、ジャニーズが好きで、日本語の勉強始めました」

ちょっと恥ずかしそうにリーリーが言ったその言葉で、私は彼女に親近感を持った。

「私も、アメリカの映画が好きで、それが英語を勉強するきっかけだったの」と言うと、リーリーは「きっかけなんて、みんなそんなものかもしれませんね」と笑った。

リーリーは日本の大学に入学し、そのまま日本企業に就職、中国とのビジネスを行う部門で仕事をし、一年前にシュットラーに転職したという。

「中国と日本ってだけの仕事じゃなくて、もっといろいろな国との関わりがある仕事がしたかった」のだそうだ。

「貴美子さんは、なぜ、アメリカに行こうと思ったのですか？」

唐突に放たれた質問に、何をどう答えたらいいか、戸惑った。

語学留学を夢見ていた学生時代、当たり前のようにある女性の生き方のレールを踏むのが嫌だったこと、多美子の言葉で留学を決意したこと、そして、語学留学から戻ってきてからの私。

他人が聞いて、楽しい話とは思えない。

ましてや、今日会ったばかりの人に、そんな、自分の人生の転機について語るなんて、話題としてはあまりに重苦しいような気がする。

けれど、私の前に微笑むリーリーのかわいらしい笑顔を見ているうちに、彼女になら話してもいいかもしれないと、思った。

「中学生の時に、仲良しの従姉妹《いとこ》とアメリカにあこがれて、いつか留学しようって約束したの。英語を勉強して、英語を使う仕事に就こうって、言い合ってて……」

多美子との再会がきっかけだったことを話そうとしたその時、リーリーが言った。

「じゃあ、貴美子さんはその夢を叶《かな》えましたね」

一瞬、何を言われたのかわからなかった。

夢を叶えた？

確かに、ずっと願っていた語学留学に行き、英語もそれなりにできるようになって帰国して、外資系で働くことにはなったが、それが「夢を叶えた」ことになるなんて、思ってもみなかった。

私が思い描いていた夢やあこがれは、実際は幼稚で無知なものでしかなく、現実にはもっとすごい人がたくさんいる。

そして、その人たちは、英語ができることも、それで仕事をしていることも、アメリカの大学を出たことも、特別なこととは思っていない。

それを知ってしまった自分には、「夢を叶えた」なんて、おこがましくて思うことはできずにいた。

「叶ってませんよ、夢なんて、全然……」

「叶ってますよ。あこがれていたアメリカに行って英語勉強して、こうやって外資系で、英語使いながら働いているじゃないですか」

「そうかもしれないけれど、私なんて、全然足りてません……通ったのは語学学校だし、英語だってまだまだだし。アメリカの大学出た人には全然かなわないし……まだ派遣社員のままで、いろいろな人に助けてもらってるばかりだし……」

「誰かと比べる必要、ありますか？　誰かの助け借りること、悪いことですか？」

リーリーの言葉に、「え？」と思わず声が出た。

「貴美子さんの夢は、貴美子さんだけのものですから、他の誰かは関係ないですよ。思っていたのと違う部分もあるかもしれないですけど、でも、貴美子さんが中学生の時、従姉妹の人と話していたという夢は叶ってるじゃないですか。すごいことですよ。誰かの助けを借りたって、いいじゃないですか。その人のおかげで夢が叶ったって、悪いことではないですよね。ありがとうって気持ちがあれば、それでいいと思います。決断して行動するのは自分ですし、努力しなければ夢は叶いませんよ」

笑顔のリーリーを思わず見つめた。

そう、私は自分の力でアメリカに語学留学した。

語学留学に、思い描いていたようなステイタスはなかったけれど、アメリカで過ごした一年、勉強した英語は、私を大きく変えて成長させてくれたし、今の自分に繋《つな》がっている。

たし」

「日本に来て、KinKi Kids のコンサートに行きましたから。堂本《どうもと》さんの舞台も観まし

ふふふっとリーリーが笑った。

「私も、夢、叶えましたよ」

「それがリーリーの夢だったの！」と驚く私に、リーリーが「そうですよ、私が日本の大学に進学した理由は、堂本光一《こういち》さんに会うためですから」と言ったので、うっかり私は吹き出した。

「動機が不純と言う人もいましたけれど、友達は、これ以上ないってくらい、素晴らしい動機だと言ってくれました」

その友達は、同じ KinKi Kids ファンで、いっしょにライブに行く仲間だと、リーリーが教えてくれた。

「リーリー！　すごいよ、その情熱!!」

「私なんて、まだまだですよ。光一さんのファンには、もっとすごい人、たくさんいますから」

リーリーが自慢気に言った。

私たちは、声を上げて笑った。

リーリーの笑顔がまぶしかった。

シュットラー社で働きだして一週間ほどたった時、パントリーで会った別の部署の派遣社員の人に声をかけられた。

「モンゴメリーにいたって聞いたけど、大変だったでしょ？」

いきなりそう言われて何と答えていいかわからない私に、彼女は「私の派遣仲間の間では、けっこう大変な会社って評判だったから」と小さな声で教えてくれた。

「外資系企業で働くには、情報交換けっこう大事よ。日本企業と違って、きちんとした会社かどうか、外からじゃわからないことも多いし、はいってみたら地獄だったなんて所もあるから。シュットラーは、安心して働ける会社って他で聞いて、ここで働くことに決めたの。高村さんも、長く働けるといいね」

その数日後、ひとみさん、沙理奈さん、奈美子さんと会って、いっしょにご飯を食べた。

元気になった私と奈美子さんを見て、ふたりはとても喜んでくれた。

金井さんのことに話題が移ると、ひとみさんが、「以前いた会社にも、似たようなタイプの人がいたんだよね」と言った。

「常識を疑うようなことを言ったりやったりする人間に対して、たいていの人はどうしていいかわからないし、会社も、一度正社員として雇用してしまったら、そう簡単には辞めさせられない。ああいう人たちは、二、三年で辞めて他に移るけど、会社には甚大な被害が残るし、それを表沙汰《おもてざた》にはしたくないから、悪い噂は広まらなくて、野放しになってしまうみたい」

沙理奈さんによれば、次の秘書の採用は見送られたらしく、「立て続けに三人、会社辞めさせたってことで、金井さんには人事から警告出てるって話、聞いたよ」、とのことだった。

「被害にあってる人たちが訴えてでても、人事は何もしなかった癖に、今更そんなことしたって意味ないよね」

苦い表情で言う奈美子さんの言葉に私はうなずきながら、警告が出たところで、金井さんは変わらないだろうと思った。

仮にモンゴメリーを辞めても、また次の会社で同じことをするに違いないし、そこでまた、保科さんや小田さん、私のような経験をする人がでてくるだろう。

家に帰ってその話をすると、トモがあっさり言った。

「辞めた会社なんだから、もう関係ないんじゃないの？」

そんな簡単に割り切れないよと文句を言うと、「でも、少なくとも、その金井さんって人が貴美の人生に今後関わることはないよね？」と返された。

そうですねと簡単に言うことはできないが、そう考えたら、すぅっと気持ちが楽になった。

切れる関係もあるけれど、続く関係もある。

奈美子さんたちは、かけがえのない存在になった。

そうやって、大事なものは残っていく。

テレビの前で筋トレを始めたトモを見ながら、私は少しずつ、前へと歩いて行く自分をあらためて感じた。


穏やかに日々が過ぎていく。

電話応対、書類の作成、会議やみんなの出張の手配と連絡、資料の準備、経費精算、海外から来日する社員の宿泊先や交通機関の手配。

私の仕事はきっちり決められた範囲で、それ以上のことを要求されることはない。

私が戸惑ったり困っていたりすると、誰かが必ず声をかけてきて、何が必要か、どうしたらいいか教えてくれるし、原さんに聞けば丁寧に説明してくれた。

プレゼンテーション資料の作成は、梶さんも園さんも、自分で考えながらやったほうが早いと自分で作っている。

私に仕事を依頼する時は、みんな、私の状況を最初に聞いて確認し、自分の仕事はいつまでにやってほしいとはっきり期限を伝えてくれた。

大量の資料を印刷したり、会議の準備があったりする時は、何も言わずにマイクが手伝ってくれる。マイクは相変わらず無愛想だし、余計な話もしないけれど、仕事に対しては協力的だ。

モンゴメリー生命の時とは比べ物にならないくらい仕事がしやすく、ストレスもない。

いっしょにランチを取るようになったリーリーに、モンゴメリー生命であったことを話すと、「大変でしたね」と同情してくれた。

「いろいろな会社があります。その会社も、別の方から見ると、悪い会社じゃなかったかもしれませんけど、貴美子さんには合わない場所だったんでしょう」

冷たい言葉を残して去っていった小田さんも、仕事ではいつも助けてくれていたし、頼りになる人だった。ひとみさんや沙理奈さん、奈美子さんという友達もできたし、日高さんには、今でも感謝している。

思い出すと、今でも身体が震えるくらいつらい経験だったけれど、リーリーの言うように、悪いことばかりじゃない。

「リーリーは、会社でつらい経験、したことないでしょ」

屈託ないリーリーに思わず聞くと、「ありますよぉ」と、珍しく眉間《みけん》にしわをよせて反論した。

「私、最初にはいった会社で、女の人たちからいじめられました。社内の男の人たちに色目使ってるって言われました。いろいろな男の人とセックスしてるって、噂たてられました」

「うわぁ、すごいこと言われちゃったんだね……」

「先輩の女性にそれ言われて、私、意味がわからなくて、『色目ってなんですか？ 私の目の色は黒いですけど』って言ったら、そこにいる人たち、みんなで大笑いしたんです。私、それでその言葉、覚えました」

吹き出した私に、リーリーが「なんで笑うんですか。この話すると、みんな笑います」と不服そうな声で言ったけれど、笑いは止まらなかった。

嫌なことも、つらかったことも、自分の中に堆積《たいせき》して、大事な経験になる。

そしてそれが、私の土台になって、私はもっと高い場所へと手を伸ばすことができるようになる。

モンゴメリーでのことは、まだ自分の中では処理しきれていない。

でも、いつかそれも、何か別の形に変わっていく日が来るだろう。

リーリーと話しながら、ふと、そう思った。

珍しく残業をしたので、その日は、会社の近くのデパ地下で、お惣菜《そうざい》を買って帰った。

馬場さんが、「閉店時間間際に行くと、惣菜たたき売りしてるからいいぞ」と教えてくれた通りで、安くなった値段に釣られてうっかりたくさん買ってしまった。

明日《あした》は土曜日だし、半分は明日のお昼に食べよう。

そんなことを考えながら玄関を開けると、トモの靴が乱雑に脱ぎ捨てられていた。

几帳面《きちょうめん》なトモには珍しい。

「トモ？　帰ってるの？　お惣菜、たくさん買っちゃったんだけど、トモも食べる？」

ビニール袋をかささいわせながらリビングの扉を開けた私は、そのまま、目の前に広がる光景に唖然《あぜん》とした。

そこら中に転がるビールの缶の中で、トモが床に転がってごうごうと鼾《いびき》をかいて寝ていた。

リビングのテーブルには、ポテトチップスとポップコーンが爆発した後みたいに散乱している。

トモをまたいでテレビの前に行くと、下に敷いてあるラグはビールでびしょびしょになっていた。

いったい何が起こった？

思わず口に出しながら、転がっているトモを見る。

「トモ、こんなところで寝てると、風邪ひくから、とりあえずベッドに行きなよ」

けれど、揺すっても叩《たた》いてもトモは動かない。

床もテーブルの上も、そのままにしておけば夜中、ゴキブリの巣窟《そうくつ》になる。

そう考えて鳥肌をたてた私は、お惣菜をそのまま冷蔵庫にいれて、ものすごい勢いで掃除を始めた。

缶ビールを拾ってビニール袋にまとめ、ラグをはがしてクリーニング用の袋につっこみ、テーブルの上に散らばったスナックも細かいカスまで、きれいに拭《ふ》きとった。

そして、ビールで濡《ぬ》れた床を雑巾《ぞうきん》で拭く。

大きな音をたてながら掃除をしても、トモは目を覚まさない。

やむをえず、私はトモの部屋から毛布を持ってきて、転がったトモの身体に掛けた。

時計を見ると十一時を過ぎていて、空腹もどこかにいってしまっていた。

もういいや、寝ちゃおう。

私は結局そのままシャワーを浴びて、ビール臭くなった身体をきれいにした後、床に転がったトモをそのままに残っていたビールを一缶飲んでから、ベッドへとはいった。

次の朝。

キッチンで朝食を作っていると、いきなりトモが飛び起きて、そのままトイレに駆け込んだ。

水を流す音が聞こえて扉が開くと、「やばかった。膀胱《ぼうこう》破裂寸前だった」とつぶやく声がして、それから「頭痛い」と言いながら、トモはリビングのソファにダイブした。

「……片づけてくれたんだね、ありがとう……」

クッションに顔を押し付けているのか、声がくぐもっている。

「すごい量、飲んでたね。起こそうとしたけど、全然起きなかったよ」

マグにいれたコーヒーを持っていくと、トモがうぇぇっという顔をして、首を横に振った。

「なんかあった？」

私の問いに、トモの表情が暗くなる。

あんな飲み方をするのは、よほどに何かあったに違いない。

言いたくなければ言わなくてもいい。

でも、誰かに話すことで整理されることや、自分でも気が付かなかったことに気づかされることもある。

私はトモに、何度もそれで助けてもらった。

何も言わずにクッションを抱えたトモを見ながら、私はリビングのテーブルに座り、トーストを食べ始めた。

トーストをかじる、がさりという音が、やけに大きく聞こえる。

「……私、メンバーから外された」

トモの言葉に、私は見ていたスマホから視線を外して顔を上げた。

「今回のツアーで、シャクティのグループから外れることになった」

シャクティというのは、人気の男性ボーカルで、トモはずっと彼といっしょに踊っている。

もともとダンサーだったシャクティはワイルドでかっこよく、切れ味の良い派手な踊りをするアーティストだが、歌っている曲の歌詞も全部彼自身が書いていて、メッセージ性の高いその歌詞は人気の理由のひとつでもあった。

彼がレーベル契約した時、トモは会社の紹介で彼のダンスメンバーになってその後、ずっとシャクティといっしょに活動を続けている。

何ケ月もかけて日本全国をまわるツアーを何度もやっていて、メンバー同士は家族のような間柄だと聞いていた。

「なんでいきなり？　この間、ツアー終わったばかりじゃない。なんで突然、そんな話になってるの？」

私は両手にトーストを持ったまま、テーブルに身を乗り出して声をかけた。

トモは泣きそうな表情を浮かべ、再びクッションに顔を埋《うず》めた。

「……転換期なんだって言われた。今までとは違う方向へ走り出す時なんだって……」

「何だそれ。何言ってるんだか、全然意味わかんないよ」

「だから！　辰也《たつや》はもう踊れないって、そういうことなんだって！」

怒鳴ったトモに、私は驚いて、持っていたトーストをぽたりと落とす。

辰也というのは、シャクティの本名だ。

「わかってたんだよ。今まで容赦ない振り付けだった踊りに手加減はいってきたこととか、切れ味なくなってきたこととか。スローテンポで語り掛けるみたいな歌が増えてきてたこともわかってた。前回のツアーから、今まで右肩上がりだった人気に陰りが出てきたのも、みんな気が付いていた。そしたら昨日、辰也、ダンサーのみんな呼んで言ったんだ。俺、もう、前みたいには踊れないって」

以前トモは言っていた。

ダンサーの現役時代は長くはない。

三十代半ばで現役を終える人は多い。

シャクティは、確か三十代後半だった。

「もう自分のダンスができないのに踊り続けるのは、自分が許せないって。俳優の仕事も来るようになって、いろいろ考えて、すっぱり方向を変えることにしたって言われた。ライブも、ダンス中心だったものを、歌中心の聴かせるライブに変えるって。だから、ダンスチームは解散なんだ」

一度だけ、トモに招待されてシャクティのライブを見たことがある。

ダンスにはまったく素人だけれど、見ているだけで鳥肌が立つような、血がたぎってくるような、そんなダンスが次々と繰り広げられ、その中で踊りながら歌うシャクティはものすごくかっこよかった。

シャクティの名前を不動のものにした「Go Forward」という曲のイントロが流れた瞬間の観客の歓声は、今も耳に残っている。

〝前へ　前へ　歩くだけでいい　進むだけでいい　何も考えなくていい
ただ前だけを見て、歩き続けるだけでいい〟

トモはずっと、彼といっしょに踊ることを誇りにして、いっしょに進むであろうその先を見つめていた。

その人が踊ることをやめる。

あこがれ、尊敬し、いっしょに走り続けていた人が、その道で走ることをやめる。

トモがあそこまで飲んだくれていた理由がわかった。

「……もう何もしたくない、何もする気がおきない」

そう言って、トモはうつむいた。

「辰也くらい才能があって、辰也くらい踊れても、踊れなくなる時が来て、そこから去らなきゃいけなくなる時がくるんだって見せつけられたら、私の全部が崩れちゃった。わかっていたことだけど、心のどこかで、ずっとこのままいけるんじゃないかって期待していたし、ずっといっしょにいられるって思ってた。だから、辰也がダンスをやめるっていうのもショックだし、それで切られることになったってのもすごいショックなんだよ……」

「切られてないよ！　シャクティ、別に、トモのこと、切ってないじゃん！」

「切られたよ！　ダンスチーム解散だもん！」

それはたぶん違う。

おこがましいかもしれないけれど、シャクティの気持ちがわかるような気がした。

私自身、長谷川電気工業を辞めてアメリカに行く時、大きな決意が必要だった。

それまでの自分と決別しなければ、ある意味、すべてを捨てる覚悟がなければ、新しい道を進むことなんてできない。

「シャクティだって、きっとものすごく悩んで、考えたと思うよ。好きで選んでそういうことになったわけじゃない。でも、そうなってしまった自分に気が付いたら、ずっとそのままではいられないし、いい加減なことしたら、トモたちだって巻き込むことになるじゃない」

クッションに顔を埋めたまま、トモは何も言わない。

「トモからしたら、切られたってことになるかもしれないけれど、そうやっていっしょに踊ることがなくなっても、シャクティとの関係が終わるとか、なくなるとか、そういうことじゃないと思う。いっしょに過ごすこともなくなるし、今までみたいな関わりはなくなるかもしれないけど、新しいステージにはいるんだよ。それって、トモにとっても新しいスタートになるんだよ」

顔を上げたトモが、ごしごしと右手で目元をこすった。

負けず嫌いだから、絶対に泣き顔を見せたがらない。

すぐに愚痴を並べて泣き言を言う私とは違う。

そのトモが、ずっといっしょに歩き、目標としていた人を失うつらさに打ちのめされている。

「辰也と踊れなくなるのがつらい」

ぼそりとトモが言った。

「辰也とのステージは、いつも最高だった。音楽もダンスも、最高にエキサイティングでクールだった。あんな経験、もうできないよ」

「できるよ」

思いっきり力をこめて、私はトモに向かって言った。

「例えにもならないけど、私、アメリカ行って英語勉強したのが、自分の人生にとって最高にすごいことだって思ってたし、それで思い描いていた夢が全部叶《かな》うって思ってた。でも全然違ってたのは、トモだってよく知ってるでしょ。まだずっとその先は続いていて、たくさん新しい経験があった。悪いこともあったけど、いいこともあった。何かが変わる時って、つらいし、きついし、大変だけど、その後に待ってるものってちゃんとある。トモにだって、まだまだ素晴らしいことがいっぱい待ってるはずだよ」

トモが真っ赤になった目で、私を見た。

「……貴美はやっぱりタフだよ」

トモが鼻をすすりながら言った。

「きついこととか大変なことがあっても、なんだかんだといって、きっちり向き合って乗り越えていくもん。適当にしてやりすごすとか、絶対にしない。貴美を見てると、たまに自分のいい加減なところとか、逃げ腰なところとかに気が付いて、やばいって思うことがある」

水気を含んだトモの目が、その光を私に向けている。

「貴美のそういうところ、たまにうざいって思うこともあるけど、でも、貴美はこういう時、絶対、口先だけの励ましとか言わないのもわかってる。だから、今の言葉も、なんかずしっときた」

トモがちょっと笑ってまた鼻をすすった。

「貴美がさ、語学留学は留学じゃないって言われたって泣いていた時の気持ち、今ならちょっとわかる気がする。自分を支えてたものがなくなるのって、ものすごいきついよね」

「でも、あの時はトモが励ましてくれたじゃん」。そう言うと、トモがちょっと視線をそらして、「えらそうなこと、言ってたよねぇ」と恥ずかしそうに笑った。

そして、抱えてたクッションを離して、そっと元の場所に戻すと、トモは私の前にすとんと腰をおろした。

「ものすごくハッピーだったから、その場所がなくなっちゃうのがきつい。辰也が悩んでいたのは、ずっと知ってたし、心のどこかで、こういう日がいつかくるのは覚悟してたけど、やっぱり実際にそれが来ると、受け入れるのは難しいよ。でも、貴美の言う通り、これは私にとっても新しいスタートラインになるんだよね。あらためて人から言われると、そうなんだって思える」

うん、と私はうなずいた。

そして私たちは、いっしょに笑った。

「私、シャワー浴びてくる。なんかすごい自分が臭い気がする」

立ち上がったトモに、「気がする、じゃなくて、すごく臭いよ。とくに息が、死ぬほど酒臭い」と言うと、トモがイスにかけてあったタオルを投げつけてきた。

そして、小さな声で「ありがとう」と言った。

珍しく梶さんが、私の前で真剣な顔をして、本国で行われる会議のための資料を作っている。

「面倒くせぇなぁ、こうしょっちゅう海外出張とか、ほんと、行きたくねぇんだよなぁ」

腕組みしながら、梶さんがぼやいた。

ついこの間まで海外出張にあこがれていたけれど、そんな気持ちは今はない。

梶さんの今回の行先はドイツの本社だが、普段は東南アジアやロシアの僻地《へきち》が多く、中には、聞いたこともないような地名の所もあって、移動手段は長時間の車だけという場所もある。

「今回はドイツだから、いいじゃないですか」

朴さんが笑って言うと、「ドイツはドイツで面倒くせぇんだよ。えらい奴ががん首そろえて会議ばっかりでよ。そもそも俺、ドイツの飯があわねぇんだよなぁ」と梶さんはPCから目を離さずに答えた。

「あいつら、ほんとにパンとチーズとソーセージしか食わねぇし、それにビール、浴びるようにして飲むしよぉ」

笑い出した私に、園さんが「本社の社食、昼でもビール飲めるんだよ」と教えてくれた。

「梶さんと神戸さんは、世界を股《また》にかけるビジネスマンだからね」

園さんが笑って言うと、「そんなかっこいいもんじゃないぞ」と、梶さんがぎろりと園さんを睨《にら》む。

「でも、梶さんも神戸さんも、バブルの追い風の中で仕事始めた世代だし、けっこういい思いしてるんじゃないですか？」

負けじと園さんが言うと、梶さんが「馬鹿野郎、そんなんあるか」と腕組みしたまま応じた。

「みんながブイブイ言わせて豪勢に遊んでいる中、俺は上司と蒲田《かまた》の小さなモツ鍋《なべ》屋で、モツ食いながらホッピー飲んでたんだぞ。バブルの恩恵なんて、欠片《かけら》もあびちゃいねぇわ」

口こそ悪いけれど、梶さんは流暢《りゅうちょう》に英語を使い、ドイツ本国のエグゼクティブとも対等に話しながら仕事をしていて、他の国の人たちからも信頼厚く、仕事量も半端なく多い。

見かけは私が思い描いていた〝世界を股にかけるビジネスマン〟のイメージからは遠いけれど、実際は〝世界を股にかけるビジネスマン〟そのものだ。

「梶さんって、アメリカの大学とか出たんですか？」

「俺の家はそんな金ねぇから、留学なんてしてねぇよ。俺は、地方の名もない大学行って、海外も仕事で行ったのが初めてだからな」

「じゃあ、英語、どこで勉強したんですか？」

梶さんはPCから視線を上げて、怪訝《けげん》な顔をした。

「どこでって、仕事で使うからやむをえずだよ。現場で覚えるしかないし、それ以外ないでしょ、俺みたいなのが英語覚えるのは」

そこで、「神戸さんもそうだよね」と朴さんが言った。

「うん、そうだね。僕も、別に留学とかしてないな」

神戸さんがのんびりと答える。

「でも神戸さんは、ガチで世界中まわってるからね」

朴さんが私に向かって言った。

「行ってない国、ないんじゃないの？」と朴さんが聞くと、「いやぁ、そんなことはないよ。さすがにあるよ、行ってない国なんて、そりゃいっぱいあるさ」と神戸さんが笑う。

「でも前に、旅行者が事件に巻き込まれた、誰も知らないような東欧の地方都市とかまで、知ってたじゃないですか」

園さんが重ねて聞くと、「ああ、あそこね……」と神戸さんが答える。

「僕が行ったのはこの会社に来る前だけど、その時からあそこは、昼間でも危険な街で、警官が犯罪に加担してるような所だったからね。僕が仕事で行ったのは、そんな感じのところばっかりだよ」

「あれ？　ドバイも行ったって言ってませんでしたっけ？」

「行ったけど、観光地で有名になる前だよ。自動ドアが開くとさぁ、ものすごい熱波で、キャンプファイアーの真ん前にいるみたいに暑かったなぁ。外なんて、出られたもんじゃなかったよ」

するとそこで、いつも無愛想なマイクが口を開いた。

「俺、神戸さんが話してくれたインドの国内線飛行機のトイレの話、インパクトありすぎて今でも覚えてる」

「あれね！　人間としてのすべてを捨てる覚悟でそのトイレ使うか、尿意我慢して漏らして死ぬかってレベルの選択で、後者選んだって話ね」

園さんが笑って返す。

「神戸さんは、アパルトヘイト時代の南アフリカにも駐在経験があるんだよ」

朴さんが言った。

私が思い描いていた世界中を駆け巡るビジネスマンのイメージは、スマートで洗練された、かっこいい男性だった。でも、梶さんも神戸さんもそのイメージからはかけ離れている。

以前は、雑誌やテレビで紹介されている〝外資系企業で働くビジネスマン〟の姿にあこがれていた。

英語を使って、世界中の人たちと関わるような、世界中を駆け巡るようなその人たちの姿をすごいと思っていたけれど、そんな気持ちも今はない。

そういう派手な人たちもどこかにはいるのかもしれない。でも、実際にはそうした人を見たことはないし、実際にいるのは、梶さんや神戸さん、トランスバイルの間島さんのような人ばかりだ。

リーリーが言った言葉が蘇《よみがえ》る。

私は夢を叶《かな》えた。

アメリカに行って、英語で仕事をするという、中学生の時に多美子と語っていた夢を実現した。

でも、そこにあったのは、思い描いていたような華やかな世界じゃなかった。

もっと地味で実直で、特別なことなんてない世界。

だけど、それは、大きく広がる新しい世界だった。

まだ何も知らない中学生の時に多美子と語っていた夢のその先を、今、私は歩いている。

嫌なこともも大変なこともあるし、この先に何があるのかはわからないけれど、ゆっくりこの道を歩いていこう。

暖かい日差しが窓からはいる中、のんびり歓談するみんなの声を聞きながら、私は窓の外に広がる青い空を見つめてそう思った。

梶さんに頼まれて、有明《ありあけ》の国際展示場の企業イベントに、マイクとふたりで行くことになった。

シュットラーで働きだしてから二ヶ月が経っていたが、未《いま》だにマイクとは親しく話すことはないままで、ふたりきりで行くのはさすがに戸惑った。

マイクは気にした様子もなく、リーリーとのランチから戻った私に「じゃあ、行こうか」と声をかけてきた。

電車の中でも、歩いている時も、マイクはあまりしゃべらない。

何度か話しかけてみたものの、当たり障りのない返事を返されるだけで、会話はまったくはずまない。

マイクは私のこと、あまり好きじゃないんだ……。

彼に特別な感情があるわけじゃないけど、そう思うとなんだか悲しい気分になった。

会場にはいった私たちは、梶さんから言われていた会社のブースを巡り、資料をもらって、担当者から説明を聞いた。

マイクはその中のいくつかで名刺を交換し、挨拶《あいさつ》を交わす。

彼がブースの担当者と話している内容は、会社関係の機械やシステムとはいえ、知識もない上に、直接それに関わる業務をしていない私にはさっぱりわからない。

でも、たくさんの企業がそれぞれに新しい機械、新しいプロジェクト、新しい技術を紹介している会場の様子には、ワクワクするものがあった。

帰る頃には、私もマイクも、持っている会社のトートバッグが資料でいっぱいになっていた。

「重いだろうから、俺が持つよ」

展示場を出たところで、マイクが言ってくれた。

「大丈夫だよ」と思わず返してしまって、すぐに後悔する。

本当はとっても重い。

持ってくれたら楽なのに、なんで断っちゃったんだろう……と自問自答する横で、マイクは気にした様子もないように見える。

無言のまま電車に乗ったところで、マイクが突然、「夕食、梶さんが経費につけていいって言ってたから、食っていかない？」と言ってきた。

「ご飯？」

マイクとふたりで？　と言いそうになったのを、慌てて抑える。

戸惑う私をよそに、マイクは「恵比寿《えびす》にいい店あるから、そこ行かない？　俺、なんか今日、そこの飯、食いたい気分なんだよね」と言って、ちょっと微笑んだ。

さんざん歩き回って疲れているし、お腹もすいている。

とはいえ、マイクとふたりでご飯を食べるのは、居心地が悪い。

もやもやしているうちに、気が付いたら恵比寿駅に着いてしまった。

駅の改札を出て、マイクが「こっちだよ」と言ったその時、背後から「高村?」と声がした。

振り返って、私は息をのんだ。

佐田君が立っていた。

笑っているとも、怒っているともとれるような、奇妙な表情を浮かべて私を見ている。

そしてその隣に、斎ちゃんがいた。

腕を佐田君に絡ませ、ぴったりと身体を寄せて、険だった視線を私に向けている。

「……久しぶり」

強張《こわば》った声で佐田君が言った。

「……お久しぶりです」

どう反応していいかわからず、私はぺこりと頭を下げた。

「……えっと、何ていうか、そっちの人、高村の彼氏とか?」

はっとして佐田君の視線の方を振り返ると、私の背後に、いつもと変わらぬ憮然《ぶぜん》とした表情でマイクが立っていた。

明らかに機嫌が悪い。

違う、と言おうとしたその時、斎ちゃんが聞いたこともないような甘い声で、「えー! 高村さん、外人の彼氏いたんだぁ! すごーい!」と言った。

反論しようとして口を開いた瞬間、「すごいかっこいい人だよねぇ。ね？　佐田君もそう思うでしょ？」と、斎ちゃんが腕を絡ませたまま、さっきとはうって変わったねっとりとした視線で佐田君を見上げる。

誤解されたくない。

マイクだって、私の彼氏と思われたくないに決まってる。

彼氏じゃない、そういうんじゃないから！

大声で否定しようとしたけれど、声が出ない。

その私の前で、視線を合わせたふたりの姿に、同窓会で聞いた斎ちゃんの言葉が蘇る。

ぐらりと、足元が揺らいだような気がした。

「彼氏じゃないよ」

やっと出た声はかすれていた。

佐田君は見たことのない、妙な表情を浮かべた。

その顔は、お前の言うことなんて信じないよと言っているようだった。

「佐田君、もう行こうよ、予約の時間に遅れちゃう」

腕を揺らして、唇をとがらせ、佐田君を見上げる斎ちゃんは、私の知っている斎ちゃんとは別人だった。

あ、うん……と応《こた》えた佐田君は、片手を上げて「じゃ、僕たち、もう行くから」と素気なく言った。

くるりと背を向けてふたりが立ち去ろうとした瞬間、斎ちゃんが振り返り、私を見て、ちょっとだけ笑った。

私は呆然《ぼうぜん》と、寄り添って去って行くふたりの背中を見送った。

「何、あれ。初対面であれって、すっげぇ失礼と違う？　高村さんの知り合い？」

そう言って、マイクが私の顔を見て、ぎょっとしてのけぞった。

「何！　なんで泣いてんのっ！」

答えようとしたけれど、口から洩《も》れたのは呻《うめ》き声のような嗚咽《おえつ》だった。

なんで泣いてるのかなんて、私もわからないよ。

でも、こんなの、ないよ。

こんなのやだ。

こんなのやだぁ。

どうしていいかわからないまま、私は両手で顔を覆った。

そして、そのまま改札の前で、しゃがみこんで泣いた。

「つまり、あの男のことが、好きだったってことなんだな？」

そう言ったマイクに、私はパスタをぐるぐるフォークで巻きながら、「わかりませんー」と無愛想に言った。

「わかりませんって、何言ってんの？　他の女と腕組んで歩いているのを見て泣くほど、あいつのことが好きだったんだろ？」

「だから、わかんないって！」

「何怒ってんの？　俺に怒るなんて間違ってるでしょ？　怒るなら、あの男に怒るのが筋ってもんじゃないの？」

今度はマイクがあからさまにムカついた表情で、パスタをぐるぐるとフォークに巻く。

「ずっと会ってなかったし。付き合ってたわけじゃないし。連絡もしばらく取ってなかったし。だから、そういうんじゃない」

パスタを口にしながら、マイクがものすごく嫌そうな顔をした。

「俺ね、他人の恋愛とか、基本どうでもいいの。でもね、知らない奴に、いきなり同僚の彼氏呼ばわりされて、挙句にろくな挨拶もなくあんな失礼な態度取られて、はっきりいってムカついてんのよ。いったいなんでそんなこと言われることになったんだか、知りたいわけ」

ムスっとした私の顔を見て、「ちゃんと聞くから、全部話しなさい」と、まるで先生のような口調でマイクが言った。

改札の前でしゃがんで声を上げて泣きだした私を、マイクは引きずるようにして、このレストランに連れてきた。

涙で化粧は全部落ちてぐしゃぐしゃで、泣きすぎて顔は腫《は》れてる。

そんな姿見られて、あんなものまで見られて、もうマイクに対して気を遣うとか遠慮するとか、そんなのはどこかにいってしまっていた。

関係ない彼を巻き込んでしまったのは確かで、その彼に話せと言われては、拒否することは難しい。

何をどう話していいかわからないまま、ぼそぼそと語る私の話を、マイクはビールを飲みながら黙って聞いてくれた。

全部話し終わった途端、また、涙が込み上げてきて、ごしごしと慌ててそれを拭《ぬぐ》う。

それを見ながら、マイクはビールの追加をオーダーして、そして一言放った。

「よかったんじゃないの？」

予想もしなかった言葉に戸惑う私を、マイクは酔ってちょっと赤くなった顔で見ている。

「大変な時の高村さんの話、聞こうとしなかった人なんでしょ？　元気で明るい君がいいから、それ以外は見せてくれるなとか、俺からしたら、何ほざいてんの？　って感じ。友達ですらないでしょ、そんな奴」

ぽかんとした私の前で、マイクが運ばれてきたビールを受け取って「あ、どうも」と店の人に言って、それを一口飲んだ。

「久しぶりに会っていきなり、たまたまいっしょにいた俺を彼氏？　とか言うなんて、もう、ほんっと、しょーもないから。普通に失礼だし、クソ野郎としか言いようがない」

黙り込んだ私を、マイクはビール片手に、ちらりと見た。

「まぁ、それでも好きだったんだろうから、いろいろ複雑だろうけどさ」

何も言えずに、うつむく。

うん、好きだったよ。

佐田君のこと、好きだった。

佐田君にも、私のこと、好きになってもらいたかった。

嫌がるようなことはしたくなかったし、佐田君に好かれる女の子でいようとした。

本当にきつくて、つらくて、大変だったから、慰めて、励ましてほしかったけれど、話したら、嫌われるかもしれない、嫌がられるかもしれないって、そう考えたら会えなくなった。

どうしようもなくつらいのに、それを抑えて佐田君が期待する通り、笑顔で彼の話を聞くなんて、できないと思った。

佐田君の隣にいたのが、斎ちゃんだったこともショックだった。

笑顔を向けながら、私のことを嫌っていた狡《ずる》い人。

でも、佐田君からのメールに返事もせずにいた私には、何も言う資格はない。

「隣にいた女の人も、高村さんの知ってる人？」

マイクの問いに、私はうなずいて「うん、前の会社の同期の子」と答えると、マイクは「ふぅん……」と唸《うな》ってから、手にしたビールのジョッキをどん！　とテーブルに置いた。

「あのさ、次は、もっと高村さんのこと、大事に思ってくれる男、好きになるといいよ。高村さんの観たい映画、いっしょに観てくれる、ちゃんと話聞いてくれる男とかさ、そういう奴のこと、好きになりなよ」

マイクの言葉に、また涙がこぼれる。

「今日のマイクは、いつもと違うね」

涙を拭《ふ》きながら言うと、「はぁ？」とマイクが呆《あき》れた顔をした。

「いつも、すごく無愛想で、なんか冷たい人だと思ってた」

そう言うと、マイクが「俺、第一印象激悪にしてるからね」と答えたので驚いた。

「何それ」

「高村さん、俺の顔見て、顔真っ赤にしたでしょ？　俺の顔見てそういう反応する女、人生で山ほど見てきて、もうほんっと、ムカついてるから、俺」

だってマイク、ものすごくかっこいいし……と言おうとして、やめた。

そんなことを言ったら、とんでもないレベルで怒られそうな気がする。

「顔だけで寄ってくる日本人の女、呆れるほど遭遇してるから。そんで、下手くそな英語で、『どこから来たんですか？』『いくつなんですか？』『彼女いますか？』しか聞かないから。壊れたレコーダーかよって。俺、最初マジ、外国人の男に会ったらそれ、言わなきゃいけない規則でもあるんじゃないかって疑ったくらいだからね」

笑い出した私にマイクが「俺、日本語で挨拶《あいさつ》してんのに、そういう奴ら、わざわざ英語で話してくんのよ、意味わかんないでしょ？」と続けるので、もう耐えられなくなってお腹をかかえて爆笑した。

するとそこで、「彼女いますって言うと、みんなあっという間に消えるけどな」とマイクが言ったので、またしても驚いた。

「え？　彼女、いるの？」

私の言葉に、マイクはまた、憮然《ぶぜん》としたいつもの表情になる。

「いるよ。いっしょに暮らしてるし」

びっくりした。

マイクに彼女がいる。

思わず「意外……」と口にすると、「何それ」とマイクが不機嫌そうに言った。

「俺の彼女、ものすごくしっかりした、自立した人だから。今日のこと話したら、そりゃもう怒るに決まってるから。そんな男なんかぶちのめせ！　とか、ガチで言うよ、あの人」

マイクがビールをまたごくりと飲んだ。

「ごめんね」

小声で言った私に、マイクが怪訝《けげん》な顔をした。

「何、謝ってんの？」

「いや、だって、なんか、私なんかのことで嫌な想いして、話まで聞いてくれて」

「謝るところじゃないでしょ？　ありがとうっていうところなんじゃないの？」

ものすごく不機嫌そうにマイクが言った。

「話、聞いてくれてありがとう！　でしょ？　だいたい、駅でのことなんて、たいしたことないし、どうでもいいよ。明日《あした》にはもう忘れちゃうね」

うん……とうなずいてから、私は「ありがとう」と言った。

ビールを片手に、マイクは少しの間、私を見て、そしてにやりと笑った。

それから「まぁ、元気だしなよ」と、ビールをぐびりと飲んだ。


原さんが、私のデスクにやってきた。

「高村さん、ここ、間違ってた。次回で修正かけて」

どきんっと大きく心臓が跳ねる。

「すみません」

「ねぇ、なんかそれ、やめません？」

何を言われたのかわからなくて、どぎまぎしていると、「高村さん、なんか、いっつも私の前だとびくびくしてる気がします」と言われて、はっとした。

私から仕事について尋ねることはあっても、原さんから私に話しかけることは、そう滅多にない。あるとしたら、何かミスがあったり、失敗した時だ。

ミスをしたと気が付くと、必ず金井さんの怒号が自分の中でフラッシュバックする。それは、モンゴメリーを辞めてからもずっと続いていた。

「間違いもミスも、誰にでも起こるし、取り返しのつかないようなものなんてそう滅多にないんだから、いちいちそんなにびくびくしなくてもいいですよ」

はい、と答えた私に、「私、口、きついから、怖がられるのはよくあるんですけどね」とこぼして、原さんは席に戻っていった。

リーリーにそれを話すと、「前の会社のことがありますから、反応してしまうのはあるかもしれません。でも、貴美子さん、確かになんか、いつも自信なさげだと思います」と言われたので、やっぱりそうなのか……とがっくりした。

「でも、自信持つのって難しいよ。私、自信持てるところなんて全然ないし。人に自慢できることなんてないし」

「それ、違いますよ」

リーリーが、珍しく厳しい声で反論した。

「自信持つことと自慢することとは、全然違います。日本人はそこ、間違っている人多いです。自慢は、私すごいでしょって、あることないこと、自分を見せびらかすことですよ。自信は自分の中に持つものです。人がどう見るかとか、関係ありません。得意なことや好きなものって、誰でもあります。それに自信を持つことは、とてもいいことですし、大事なことです」

リーリーは今、何かとても大事なことを私に言ってる。

そんな気がした。

「KinKi Kidsファンの人たちと話したことがあります。私たちは、光一さん大好きです。それぞれ大好きって自信、とてもあります。大事にしてます。でも、ファンの中には、コンサート行った回数とか、グッズどれだけ買ってるかとか、実際に光一さんと会ったことがあるとか、それで自分は他とは違う特別なすごいファンだって言う人います。自慢する人います。でも、そういうの、関係ないと思います。それでランキングがつくわけじゃないです」

うん、と私はうなずく。

「私が光一さんのために、日本語勉強したことや日本に来たことはすごいって言ってくれる人もいますけど、芸能人のためにそこまでやるなんて馬鹿みたいって言った人もいます。光一さんのためにものすごくがんばって勉強したことや、お金貯めて日本に来たこと、私ってすごいって思ってます。自信持ってます。でも、自慢しませんし、自慢なんかになりません。誰かに認めてほしいとか、他のファンの人たちより自分のほうが光一さん愛してるとか、思ってませんから。もっともっと光一さんのためにがんばるつもりですし」

ああ、そうか、そうだ。

がんばるって、そういうことだ。

誰かに認めてもらうために、誰かの評価を得るためにやったら、それは違うものになる。

誰かに認めてもらうことを考えたら、他人がそれをどう見たかが基準になる。

他の人より自分が優位に立つことを考えたら、自分の中の大事なものから離れてしまう。

がんばって英語を勉強したし、TOEICのスコアも取った。

就職活動を始めた時、英語ができるようになったって自信満々だったけれど、もっとできる人、アメリカの大学を出た人たちを前に、それはあっさりと壊れてしまった。

自分よりできる人と比べて、かなわないという気持ちになった。

私にあったのは自信じゃない、ただの〝自慢〟だったんだ。

仕事で評価されたいとがんばって、でも結果、自分が壊れてしまったけど、それも、金井さんに認めてもらおうとしたからだ。

金井さんによく思われたい、金井さんに褒められたいって思っていた。

だから、金井さんの言葉に一喜一憂し、振り回されることになって、結果、ただ自分を傷つけることになってしまった。

本当に大事なのは、日高さんが最後に私に言った言葉だ。

『高村さん、がんばったと思うよ。みんな、何も言わないけれど、ちゃんとわかってる。結果はあとから必ず君に返ってくるよ』

英語ができるようになれば、それが自信につながると思っていた。

そうじゃない。

がんばって勉強したこと、がんばって仕事に取り組んだことに、私は自信を持っていいんだ。

他の人がどう見るかとか、誰かの評価をどう得るかとか、そういうものとは関係なく、自分がしてきたことに自信を持つべきだったんだ。

そうすれば、後悔することもないし、くじけることもない。

「リーリー、なんか、リーリーの言おうとしていること、わかったような気がする」

そう言うと、リーリーが大きな美しい目をさらに大きく見開いた。

「私がどれだけ、光一さんのことが大好きかってことですか？」

「そこじゃないよ!! いや、そこもわかったけど」

私たちはそろって吹き出した。

「自信持つって、すぐには難しいけれど、人に見せるためのものじゃないって、そこはわかった。私自身のことなんだね。もっと自分の良いところとか大事なこととか、考えてみるよ」

「それ、とてもいいことですよ」とリーリーが言った。

「自分の良い部分、自分が認めてあげないと、タカラノモチクサレになりますから」

一瞬、何を言われたのかわからなくて、「タカラノ……？」と問いかけた私に、リーリーリーが「使い方、間違ってましたか？」と、もう一度、「タカラノモチクサレ」とくり返した。

私たちは一瞬顔を見合わせ、またふたりで大声で笑いだした。

神戸さんが会社を辞めると、梶さんから知らされた。突然の話だった。

神戸さんは、不思議な人だ。世界中を駆け巡ったビジネスマンだというのに、ぎらぎらしたところもないし、そういうアグレッシブさを感じたこともない。いつも静かで穏やかで、淡々としている。トラブルが起きた時や困ったことがあった時に放つ言葉の中には、神戸さんの人生の幅広さ、奥深さを感じさせるものがあった。

世界中を回ったという神戸さんは、私がこの会社に来てからは、一度も海外出張に行っていない。

堪能《たんのう》な英語も、ネイティブのような流暢《りゅうちょう》な英語というわけではなく、日本語発音ばりばりで、英語で仕事をするのに慣れた、経験値を感じさせる英語だ。おかしなことがあればはっきりそれを伝えるし、横柄な人に毅然《きぜん》とした態度で意見する姿も何度も見た。

神戸さんのことがとても好きだった。

尊敬していた。

「神戸さん、お辞めになると聞いたんですが、本当なんですか？」

社内でこの話をしている人は誰もおらず、噂にすらのぼらない。

定年にはまだ早い。

本当かどうか、本人に直接聞くしかなかった。

「あ、うん、そう、今月末までだよ」

あっさりと神戸さんが答えた。

「あの……ごめんなさい、突然で私、びっくりしてしまって……、他の会社に行かれるとかなんですか？」

言ってから、不躾《ぶしつ》けなことを聞いてしまったと思ったが、神戸さんは穏やかに微笑んで「違うよ」と言った。

「高村さん、まだ来て数ヶ月だから、知らなかったんだね」

「……何をですか？」

「六年前に中国出張行った時にね、僕、ちょっと病気してさ。すぐに手術受けなければならなかったのを、中国の奥地で言葉も通じないし、病院の設備もかなりやばい感じだったから、入院も手術もしないで、薬で抑えてなんとか帰国したんだ」

そこで神戸さんは、ちょっとお腹をさすった。

「帰国して速攻入院だったんだけど、長く放置しちゃったせいで、患部癒着とか起こしちゃってね。すぐさま手術しなきゃならないところ、放置しすぎたためにできなくなってたの。ずっと経過観察で、通院しながら薬とかで落ち着くのを待ってて、今回、やっと手術できることになったんだ」

「……あの、そんなに大変な手術ってことなんですか？」

思わず尋ねると、「いや、そこまでじゃないよ」と神戸さんが笑う。

「ただね。僕、ずっと働きづめだったし、会社員人生、ほとんど外国だったから、結局結婚もしなかったし、ゆっくり休みとってのんびりする時間もなかったんだよね。手術したらしばらく会社休むことになるし、だったら、ここいらでゆっくり自分のための時間を取ろうかなって思ったんだ」

海外出張、海外赴任、英語を使って世界中を駆け巡る仕事。

ずっと私があこがれていた人生を、神戸さんは何十年も続けてきた。

その結果、家庭を持たず、身体を壊し、仕事だけの人生だったと神戸さんは言っている。

神戸さんから聞いた外国での仕事の話は、私が想像していたものよりもはるかに大変で、そして刺激的なものだった。

最初に仕事で行ったのが砂漠の国だったという神戸さんはその後、世界中を回り、いろいろな国の人たちと仕事をしている。

それは、アメリカで金髪のアメリカ人たちとかっこよく握手したり、パリの豪華なレストランで商談をするとかいう、映画の一幕のような華やかなものとはまったく違って、もっと泥臭いものばかりだった。

英語も通じないような僻地《へきち》や小さな街で、神戸さんは通訳を介しながら、現地の人たちと協力し合って仕事に向かい、たくさんのプロジェクトを成功させてきた。

まだ数ヶ月だけれど、神戸さんと仕事をして、学ぶことは山ほどあった。

神戸さんの仕事に対する姿勢、常に穏やかで冷静な人柄、何があっても動じない態度は、世界中を巡った経験の中から作られたものかもしれない。

「そんな悲しそうな顔しないでよ。仕事から離れて、やっとのんびりできるって思ってるんだから」

神戸さんが私の肩を叩《たた》いて笑った。

「私、神戸さんの話、聞くの好きでした。まだまだ知らない世界がたくさんあるんだなぁって思って聞いてました」

「いやぁ、僕の話なんて昔話だよ。今はもっと楽になってることもたくさんあるし、海外出張なんて珍しいものじゃないからね」

神戸さんは、ちょっと恥ずかしそうに言って、少しだけ、何かを考えるような表情をした。

「まぁ、僕がもうひとつ、高村さんに教えてあげられることがあるとしたらね」

「はい」と答えた私を、神戸さんはまっすぐ見つめた。

「きちんとした人はね、どこの国に行っても好かれるし、尊重されるんだよ。日本で嫌がられたり、嫌われたりする人は、世界中どこへ行ってもやっぱり同じなんだ。そういうのは、国とか言葉とか関係ないの。文化や習慣の違いも関係ない。だから、どこへ行ってもどんな所でも、〝きちんとした人〟でいるって、とても大事なことなんだよ」

「……きちんとした人、ですか？」

「そう、きちんとした人。良い人って意味じゃないよ。NICEな人という意味だ。GOODな人という意味じゃなくて、NICEの方。日本で誰からも好かれるという人は、国が違っても好かれる。受け入れられる。これってすごいことだと思わないかい？　世界共通なんだよ」

NICEな人。

それがどういう人なのか、具体的なイメージはとっさには浮かんではこない。

でも、神戸さんの言うところの、〝誰からも好かれる人〟〝きちんとした人〟というのは、なんとなくわかるような気がした。

「高村さんもNICEな人になってね。あなた、誠実で真面目な人だから、きっとなれるよ」

「私がですか？　いや、そんな、なれませんよ。無理です、そんな……」

「難しいことじゃないよ」と神戸さんが微笑んだ。

「常識をわきまえ、マナーを守り、相手を尊重してお互いを理解し合おうと努力すれば、それだけでも違う。世界中仕事で回って、僕が学んだ一番大事なことはそれだから」

がんばります、と言おうとした。

でも、言葉にならなかった。

私の前で、神戸さんはいつものように穏やかに笑っていた。


神戸さんが会社を去って、部は五人になった。

新しい人を探しているらしく、梶さんのスケジュールの問い合わせが人事から来ることが増えたが、神戸さんのような人はそう滅多にいないとみえて、なかなか決まらない様子だった。

「神戸さん、どうしてるかなぁ」とつぶやいた私に、朴さんが「退院したら、酒飲めるようになるって言ってたから、とりあえず、浴びるほど飲むかもね」と笑うと、「神戸さんに限って、それないでしょー!」と園さんが返す。

「神戸さん、一度くらいはプライベートでゆっくり海外行ってみたいって言ってたから、元気になったら行ってるんじゃないですか?」

マイクの言葉に、「今頃は、どっかの海辺で、のんびり寝転んでいるかもね」と園さんが微笑んだ。

「そういう僕らも、今日はオクトーバーフェストだから、気合いれないとだめだよ」

馬場さんの言葉に、マイクがものすごく嫌な顔をした。

「何、その顔」

「高村さん、まだ知らないからだよ。とんでもないから。ドイツ人の印象、いっきに変わるからね」

オクトーバーフェストというのはドイツのビール祭りだそうで、ドイツでは毎年秋に、あちらこちらの都市で盛大に行われるらしく、現地で参加したことがある梶さんは「俺は生涯二度と行かない」と断言して、今日も不参加を表明していた。

ミュンヘンの街中で、酒臭い人たちが路上に転がってたと言われても、想像できない。

「俺は、現場でビール係になっちゃったから、逃げられない」

マイクが暗い表情でつぶやいたのを、朴さんがげらげらと笑いながら、「気合いれろよぉ」とあおった。

シュットラー社は毎年、都内ホテルの大きなホールを貸し切りにして、東京オフィスの社員全員参加でフェストを行っており、そのためにわざわざドイツ本国から来日するエグゼクティブも数名いるらしい。

ビール祭りって、夏のビヤガーデンのようなものですよね？　と聞くと、園さんが「まぁ、楽しみにしていなよ」とにやにや笑った。

リーリーのいるマーケティング部は全員、現場の手伝いで午後からいない。

私は定時まで仕事をすると、梶さんを除いたみんなといっしょに、会場のホテルに向かった。

「えええええっっっ！　何ですか、これ！」

扉を開けるなり叫んだ私を、他のみんなが面白そうに見ている。

広い会場の床全面に、青いビニールシートが敷かれている。

ステージを前に縦に五列、まっすぐにテーブルが並べられていて、後方には料理のブースが配置されていた。

「あれ……何？」

私が指さす先を見て、マイクが「この日のために、わざわざドイツから取り寄せたビールの樽《たる》だよ」と、これまた苦い顔で言った。

半端な数じゃない。

文字通り、山と積まれている。

「オクトーバーフェストにはそれ用の特別なビールがあって、フェスト用の特別なジョッキもあるんだよ。それがないとドイツ人、マジ死ぬらしい」

園さんが示す先には、見たこともないくらいの数の大きなジョッキが置かれていた。

「これ……会社の経費でやるんですよね？」

「だからね、ドイツ人は毎年これやらないと、死んじゃうんだってさ」と、また園さんが笑う。

六時半になり、社員がそれぞれ席に着いたところで、社長のヴァイツさんがステージに上がった。

こんもりお腹の出たヴァイツさんが着ているのは、スイスの山奥で牧童が着ているような衣装だ。

「あれがこの祭りの正装らしいよ」と朴さんが教えてくれる。

「男性のはね、股間《こかん》の部分がボタンで簡単に開くようになってて、どこでもすぐにおしっこできるようになってるって、前、ヴェルトミュラーさんが自慢気に言ってたことがあるよ」

いつも生真面目でむっつりとしたヴェルトミュラーさんがそんなこと言うなんて……と思ってたら、テーブルの前の方で、当のヴェルトミュラーさんがヴァイツさんと同じ祭りの衣装に身を包み、いつもとはまったく違う、やたらと陽気な様子で笑っているのが見えた。

「みなさん待望の、オクトーバーフェストの日がやってまいりました！　みんなの大好きなくじ引きもありますよ！　思いっきり飲んで踊って、楽しんでくださいね」

ヴァイツさんがマイク片手に大きな声で言い、宴《うたげ》が始まった。

マイクが両手にジョッキを抱えてきて、どすん！　と私たちの前に置く。

いつの間にか着替えていて、黄色い会社のTシャツを着ている。

「ビールまみれになるから、着替えたんだよ」

みんなのテンションのあまりの高さに、いったいこれから何が起こるんだろうと不安になる。

フェスト用のビールは、いつも私たちが飲んでいるものとはちょっと違う味だが、独特の風味があって美味《おい》しい。

用意された料理は、固めのドイツパン、チーズ、ウィンナーとハムで、料理というよりはつまみみたいなものばかりだけれど、どれもビールによくあう美味しさで、とくにアイスバインと呼ばれる豚肉料理は絶品だった。

「本国ドイツのオクトーバーフェストと同じってのにこだわってて、全部ドイツのものを扱ってる店から仕入れてるんだ」

園さんが、「しかも毎年同じなんだよ、どれも全部」と笑いながら教えてくれた。

そこまでやるほどのものなのか？　と、思わずステージで陽気にビールジョッキを掲げているヴァイツさんを見てしまう。

私のまわりは日本人だけで、いつもとさほどに変わりはないけれど、ドイツ人がいるテーブルは、何やらやたらとにぎやかで、いつもはいかつい顔をしている人まで、真っ赤になって陽気に大声で何か叫んでいる。

みんなの酔いがまわってきたところで、ステージの上のヴァイツさんが再びマイクを手にした。

「さぁ、みんなお待ちかねのくじの時間ですよ！　さぁ！　太鼓!!」

太鼓？　と思ったら、ステージの奥から、やっぱりフェストの正装をしたドイツ人たちの楽団が出てきた。

楽団！　いったい何が始まるの！　と驚いていたところに、かわいい衣装を着た女性がステージに上がった。

リーリーだ。

刺繍《ししゅう》がちりばめられて、ふんわりしたスカートのそのドレスは、たぶん女性用の衣装だろう。

ステージに上がったリーリーが、フリップを高々と掲げる。

そこには大きく、〝三等賞　リーベンフェルツ　ディナーにペアでご招待〟とあった。

会社でも接待によく使っている、都内の有名な高級ドイツレストランだ。

入口で渡された番号で当選者を選ぶやり方で、盛大に鳴らされる太鼓の音の中、人事部長が当選番号を引き、大きな声で番号を言うと、会場の右端で歓声が上がり、女性がひとり立ち上がって、両手を挙げながらステージに上がった。

〝二等賞　リッツカールトンホテル　ペアで一泊〟は、ＩＴ部門の人が引き当て、ステージの上でヴァイツさんと握手する。

一等賞は、香港《ホンコン》二泊三日招待だった。

発表になった瞬間、みんなが歓声を上げる。

ところが、ヴァイツさんが番号を読み上げても、誰も名乗り出ない。

会場内のみんなが怪訝《けげん》な表情を浮かべて、まわりを見渡した。

「奥で、食べ物やビールの担当している中にいらっしゃいませんか？」

リーリーがマイク片手に叫んだ。

すると、「あ！　俺だ！」と、聞きなれた声が聞こえた。

マイクだ。

みんなの歓声と拍手の中、マイクが登壇すると、ヴァイツさんが怪訝な顔をして、

「マイク、君、びしょぬれだよ、どうしたの？」と尋ねた。

「何言ってんですか。あなたたちドイツ人が、酔って浮かれて、俺にビール浴びせたんですよ！」

場内、爆笑の渦となる。

するとそこでヴェルトミュラーさんを含めたドイツ人たちが、次々とステージに上がりだした。

何が始まるんだ？　と思ってみていたら、私の隣で馬場さんが、「うわぁ、始まるぞぉ」と小声で言った。

何が？　と思ったその時、ヴァイツさんが「さぁ!!　音楽スタート!!　踊るよぉ！」と叫んだ。

それと同時に楽団が、盛大に音楽を奏でだし、座っていた人たちが一斉に立ち上がる。

「え!!　何！　何がはじまるんですか？」

驚く私の腕を朴さんが掴《つか》んで、「高村さんも踊るんだよ」と、私を立ち上がらせた。

「踊る？」

何が始まるのかわからない私をよそに、次の瞬間、本当にみんなが踊りだした。

フォークダンスみたいな踊りだ。

ステージの上では、ドイツ人たちも真っ赤な顔で踊り狂っている。

いったい何が起きてるのかわからずぽかんと突っ立った私の横にリーリーが立って、大声で叫んだ。

「貴美子さんも踊るんですよ！」

会場内の音がすごくて、リーリーの声もよく聞こえない。

その中、リーリーは私の手を取って踊りだした。

「これはアヒルのダンスと言うんです。フェストのダンスですよ」

みんなが音楽にのって、一斉にアヒルの真似をする。

会場中の人たちは全員、思いっきり酔っぱらって、大笑いしながら踊っている。

シートが敷き詰められた床は、ビールでびしょびしょになっていた。

そっかぁ、そのためのシートだったんだ……とぴょんぴょんはね踊りながら思った。

「リーリー、その衣装、とってもかわいいね！」

リーリーの耳元に口を寄せて大声で言うと、リーリーがぱぁっと顔を赤くした。

「これ、ヴァイツさんのお嬢さんの借りましたけど、私には胸のところが余ってしまって、タオルつめてるんです。悔しいです」

リーリーが本当に悔しそうな表情を浮かべた。

馬場さんも、園さんも、朴さんも、真っ赤な顔でがぁがぁがぁ！　とアヒルの真似をしながら踊っている。

何がなんだかわからないくらいの大騒ぎで、みんなは肩を組み、一列になってがぁがぁ言いながら、踊っている。

その中でいっしょに踊りながら、私も声を上げて笑っていた。

とても幸せな気分だった。


久しぶりに鈴木さんからメールが来た。

定期的に状況連絡はして、契約更新の時にはランチをいっしょにしていたけれど、それ以外で連絡があるのは初めてのことだ。

メールは、『お時間のある時に、お電話いただけますか？』という短いものだった。

少し時間をずらしてひとりでランチに出た私は、会社のビルの前にある植え込みに腰かけて、鈴木さんに電話をかけた。

「電話代かかりますから、すぐに折り返しますね」

そう言って電話を切った鈴木さんから、すぐにまた電話がかかる。

「高村さん、シュットラーでのお仕事はどんな感じですか？」

いつもと同じ鈴木さんの質問に、「はい、順調です」と答える。

いつもの定期確認かなと思ったが、そこからは違った。

「シュットラー社から、高村さんに契約社員雇用の話がきています」

「社員の話ですか!」

大声を上げて立ち上がった私を、歩いている人たちが驚いて振り返ったのが目の端にはいった。

「高村さんがよろしければ、お話を進めますが、いかがでしょう?」

いかがでしょう? と聞かれても、契約社員というのが、今の派遣社員と何がどう違うのか、よくわからない。

それを正直に言うと、鈴木さんが「契約社員は、シュットラー社直接の雇用になります」と教えてくれた。

「正社員とほぼ同じ待遇です。違うのは、毎年契約を更新する必要があるということで、交通費やベネフィット、ボーナスもありますよ。お給料は年収ベースになります。退職金などはありませんが、正規雇用に該当します」

梶さんからは何も聞いていないし、そんな話をされたこともない。

何をどう言っていいかわからず、無言になった私に、鈴木さんが「おめでとうございます」と言った。

明るい、とてもうれしそうな声だった。

「高村さんのお仕事が評価されたということです。よかったですね」

「……あ……ありがとうございます……」

シュットラー社の社員になれる。

あれほど願っていた正規雇用の話だったけれど、喜びも実感も湧いてこなかった。

その日、仕事の後、久しぶりにゴードン・ジャパンに向かった。

あの空を見上げることができる美しいエントランスから、地上を見下ろすオフィスへと上がる。

時間は夕刻を過ぎて外はすっかり暗くなっていた。

案内された部屋からは、光が瞬く東京の街が眼下に広がっている。

少しして、扉が開き、鈴木さんが書類を抱えて部屋にはいってきた。

「こちらが、契約条件になります」

そう言って、鈴木さんは私の前に、二枚の紙を並べる。

そこには、契約社員雇用についての契約内容が書かれていた。

それを手にして、読み始めた私に、鈴木さんが言った。

「年収やその他について、希望があれば交渉できますが、個人的な意見を述べさせていただければ、この内容は、今の高村さんには妥当なものだと思います」

書類の最後に、シュットラーのヴァイツさんのサイン欄があり、その隣に私の名前が記載されていた。

ここにサインをしてその後、ヴァイツさんがサインをすれば、私は正式にシュットラー社の社員になる。

心臓がどくんどくんと、フェストの太鼓のような、大きな音をたてた。

「こういうこと、よくあるんでしょうか？」

尋ねた私に、「よくあるというわけじゃありません」と鈴木さんが答えた。

「タイミングもあります。ただ基本、その方がその会社できちんとお仕事をしたという実績がなければ、こういう話は来ません。これは高村さんが真面目にがんばった結果ですよ。よかったですね。私もとてもうれしいです」

鈴木さんがにっこりと微笑んだ。

その鈴木さんに、私はどうしても聞きたいことがあった。

ずっと心にひっかかっていたそれを、今なら、聞くことができる。

「鈴木さん、あの……どうして私に声をかけてくださったんですか？」

鈴木さんが不思議そうな表情を浮かべた。

「きちんとしたアメリカの大学に留学したわけでもない、語学学校出ただけで英語できる気になっていた私みたいな人間に、なぜ、声をかけてくださったんですか？」

鈴木さんは私の顔をじっと見つめて、そしてふっと笑みを浮かべた。

「私たちは、プロですから」

「……え？」

「私たちの仕事は、〝人〟を売り込むことです。企業や仕事にあった人を探し、そこに売るのが仕事です。だから、言い方は悪いですが、売れる人材を探しますし、そういう人たちを売り込んでお金にします。人材は、私たちの仕事においては商品です」

言っている内容の本質に、一瞬たじろぐ。

でも、それを話している鈴木さんはやわらかな表情を浮かべていた。

「人材と一言で言っても、いろいろな人がいます。スキルや能力が高くても、人としてどうかと思うような人もいれば、逆の方もいます。すべてにおいて素晴らしい人もいれば、そうじゃない人もいる。登録にいらっしゃる方には、いろいろな方がいますが、適材適所というのは、どんな方にもあります。高村さんが公開されていたレジメは、外資系企業で外国人エグゼクティブセクレタリーを希望する人としては、残念ながら、まったくもって至らないものでした」

以前の私だったら、鈴木さんのその言葉に思いきりへこんだだろう。

けれど、今の私には、それが真実で、現実なんだとわかる。

「でも、あのレジメには、真面目にきちんと勉強に取り組んだ姿勢が出ていました」

はっとした私に、鈴木さんは言葉を続けた。

「真面目に英語を勉強し、将来英語を使って仕事したいと考える姿勢が、書き方、使用する単語や言い回しにきちんと出ていました。経歴の書き方にも、華美装飾なく、人柄を感じました。至らないのは、経験が足りないからだというのもわかりました。だから、一度お会いしてみようと思ったんです」

ゆっくりと自分の中から、熱いものが込み上げてきた。

帰国して仕事を始めてからずっと、一年もアメリカで勉強したことに、果たして意味があったんだろうかと何度も自問自答した。

がんばること、努力することが成果や結果に結びつくことがあるのかと、疑問を感じることも何度もあった。

モンゴメリー社を去った時は、自分がやってきたことに意味なんてなかったと絶望的な気持ちになった。

でも、それは違っていた。

もうとっくに、がんばった結果がそこにあったんだ。

鈴木さんが、それを見てくれていた。

理解してくれていた。

それがあったからこそ、私は自分の目標に向かって歩き出すことができたんだ。

「……ありがとうございます。何もわからない、未熟な私にあの時、声をかけてくださって、本当にありがとうございます」

初めて鈴木さんとここで会った時、会わなければよかったと後悔した。

でもあれは、自分ががんばった結果を受け取った、最初の瞬間だったんだ。

契約書を手にした私に、鈴木さんが微笑んだ。

「高村さん、これからもがんばってくださいね。高村さんが良い形で楽しくお仕事してくださることが、私たちのやりがいにつながってるんです」

何も知らず、わからずにいた私に、最初の扉を開いてくれた人。

そして、その先を示してくれた人が鈴木さんだ。

「私、ここからまた、がんばります。鈴木さんや、トランスバイルの水野さんのように、仕事に向かえるよう、もっとがんばります」

決意の言葉を口にした私の前で、鈴木さんが静かにうなずいた。


次の日、出社してすぐに梶さんのところに行き、お礼を言った。

「んー、まぁ、高村さん、きちんと仕事するし、真面目だしね。いつまでも派遣ってのもなんだし、ちょうどそういう話もでたからさ」

そう言って、朝の定例会議に出るために席を立った梶さんは、ふと、振り返った。

「ここのアドミの募集かけた時ね、いろいろな人に会ったんだけどさ。アメリカの大学出た人とかもいたし、けっこうスキルの高い人もいたのよ。でも、一番謙虚だったんだよね、高村さん。できることとできないこと、ちゃんと自分でわかってて、過剰にできるアピールしてこなかったのが、俺、いいなって思ったの。うちは地味な会社だし、チームはおっさんばっかりで、マイクみたいなのもいるから、そこで働いてもらうのは、素直で真面目な人がいいなって思ってたんだ」

梶さんはちょっと照れたようにして笑って、そして片手を挙げて言った。

「まぁ、がんばってよ」

リーリーは、契約社員の話をとても喜んでくれた。

「この会社で、派遣から社員になる人は、そんなにたくさんいませんよ。よかったですね！　お祝いしましょう！　ケーキ食べましょう！」

部の人たちも喜んでくれた。

マイクはみんながいない時に私のところにやってきて、「このまま良い波にのって、いい男探せよ」と笑いながら言った。

モンゴメリーの時の仲間にも、すぐにメールを書いた。

みんな、心から喜んでくれた。

逆にトモの反応は、とてもあっさりしたものだった。

「よかったじゃん。ほら、ちゃんと願ってたような形になっていくものでしょ？」

「何それぇ、もっと喜んでくれてもいいじゃん」とスネると、「だってまだ、貴美の本願は達成されてないじゃん」と返された。

「何それ」と言うと、「自分の夢、忘れてんのぉ？」とトモが呆《あき》れた。

「貴美は、外国人エグゼクティブの秘書になりたかったんでしょ？　契約社員になったのは、そのための最初の一歩じゃん」

はっとした。

今、この始まりの一歩から、かつて夢見ていた外国人エグゼクティブ秘書への道がどれほどに長いものか、今の私にはわかる。

「浮かれてる場合じゃなかった」

「そうだよ、浮かれてる場合じゃないんだよ」

トモは真面目な表情になった。

「音楽やダンスもそうだけど、そこで満足して、練習さぼったり手を抜いたりしたら、すぐにだめになっちゃう。プロでいるためには、日々鍛錬だし、もっともっと成長して、もっともっと上手《うま》くなってって、上に上に手を伸ばさないとあっという間にだめになっちゃうんだ。貴美のやってる仕事だって同じだと思うよ。そうしていって、いつか思わぬところで、チャンスが巡ってくると思う、今回みたいに」

「……それ、自分の経験から言ってる？」

尋ねた私に、トモが大きくうなずく。

トモも、新しいスタートラインに立っている。

今まではアーティストの後ろで踊る仕事をメインにしていたが、ダンスを中心に作られた舞台のオーディションを受け始めている。

私たちはいっしょに、新しいステージに向かって歩きだした。

鈴木さんとの関わりがなくなる私は、これからは、自分自身で考え判断し、対処していかなければならない。

文字通り、独り立ちすることになる。

「次に私がお祝いしてあげるのは、貴美が、外国人のえらい人の秘書になった時だな」

トモが笑った。

「いつになるか、わかんないよ」

そう言うと、トモがぽんと私の肩を叩《たた》いて、そして言った。

「いつかなるでしょ、必ず」

私はしばらくトモを見つめた。

そして、言った。

「そうだね、いつかなるよ、必ず」

本書は書き下ろしです。

外資《がいし》のオキテ

泉《いずみ》ハナ

平成30年 9月25日　初版発行

発行者●郡司 聡

発行●株式会社KADOKAWA
〒102-8177　東京都千代田区富士見2-13-3
電話　0570-002-301(ナビダイヤル)

角川文庫 21155

印刷所●株式会社暁印刷
製本所●株式会社ビルディング・ブックセンター

表紙画●和田三造

ISBN 978-4-04-105945-6　C0193

◇◇◇

角川文庫発刊に際して

角川源義

第二次世界大戦の敗北は、軍事力の敗北であった以上に、私たちの若い文化力の敗退であった。私たちの文化が戦争に対して如何に無力であり、単なるあだ花に過ぎなかったかを、私たちは身を以て体験し痛感した。西洋近代文化の摂取にとって、明治以後八十年の歳月は決して短かすぎたとは言えない。にもかかわらず、近代文化の伝統を確立し、自由な批判と柔軟な良識に富む文化層として自らを形成することに私たちは失敗して来た。そしてこれは、各層への文化の普及滲透を任務とする出版人の責任でもあった。

一九四五年以来、私たちは再び振出しに戻り、第一歩から踏み出すことを余儀なくされた。これは大きな不幸ではあるが、反面、これまでの混沌・未熟・歪曲の中にあった我が国の文化に秩序と確たる基礎を齎らすためには絶好の機会でもある。角川書店は、このような祖国の文化的危機にあたり、微力をも顧みず再建の礎石たるべき抱負と決意とをもって出発したが、ここに創立以来の念願を果すべく角川文庫を発刊する。これまで刊行されたあらゆる全集叢書文庫類の長所と短所とを検討し、古今東西の不朽の典籍を、良心的編集のもとに、廉価に、そして書架にふさわしい美本として、多くのひとびとに提供しようとする。しかし私たちは徒らに百科全書的な知識のジレッタントを作ることを目的とせず、あくまで祖国の文化に秩序と再建への道を示し、この文庫を角川書店の栄ある事業として、今後永久に継続発展せしめ、学芸と教養との殿堂として大成せんことを期したい。多くの読書子の愛情ある忠言と支持とによって、この希望と抱負とを完遂せしめられんことを願う。

一九四九年五月三日

角川文庫ベストセラー

ラブコメ今昔　有川 浩

突っ走り系広報自衛官の女子が鬼上官に迫るのは、「奥様とのナレソメ」。双方一歩もひかない攻防戦の行方は⁉ 表題作ほか、恋に恋するすべての人に贈る〝制服ラブコメ〟決定版、ついに文庫で登場！

県庁おもてなし課　有川 浩

とある県庁に生まれた新部署「おもてなし課」。若手職員・掛水は地方振興企画の手始めに、人気作家に観光特使を依頼するが、しかし……⁉ お役所仕事と民間感覚の狭間で揺れる掛水の奮闘が始まった！

レインツリーの国　有川 浩

きっかけは一冊の「忘れられない本」。そこから始まったメールの交換。やりとりを重ねるうち、僕は彼女に会いたいと思うようになっていた。しかし、彼女にはどうしても会えない理由があって――。

キケン　有川 浩

成南電気工科大学の「機械制御研究部」は、犯罪スレスレの実験や破壊的行為から、略称「機研《キケン》」＝危険とおそれられていた。本書は、「キケン」な理系男子たちの、事件だらけ&爆発的熱量の青春物語である！

赤×ピンク　桜庭一樹

深夜の六本木、廃校となった小学校で夜毎繰り広げられる非合法ファイト。闘士はどこか壊れた、でも純粋な少女たち――都会の異空間に迷い込んだ彼女たちのサバイバルと愛を描く、桜庭一樹、伝説の初期傑作。

角川文庫ベストセラー

推定少女　桜庭一樹

あんまりがんばらずに、生きていきたいなぁ、と思っていた巣籠カナと、自称「宇宙人」の少女・白雪の逃避行がはじまった——桜庭一樹ブレイク前夜の傑作、幻のエンディング3パターンもすべて収録!!

砂糖菓子の弾丸は撃ちぬけない A Lollypop or A Bullet　桜庭一樹

ある午後、あたしはひたすら山を登っていた。そこにあるはずの、あってほしくない「あるもの」に出逢うために——子供という絶望の季節を生き延びようとあがく魂を描く、直木賞作家の初期傑作。

少女七竈と七人の可愛そうな大人　桜庭一樹

いんらんの母から生まれた少女、七竈は自らの美しさを呪い、鉄道模型と幼馴染みの雪風だけを友に、孤高の日々をおくるが——。直木賞作家のブレイクポイントとなった、こよなくせつない青春小説。

道徳という名の少年　桜庭一樹

愛するその「手」に抱かれてわたしは天国を見る——エロスと魔法と音楽に溢れたファンタジック連作集。榎本正樹によるインタヴュー集大成「桜庭一樹クロニクル2006—2012」も同時収録!!

無花果《いちじく》とムーン　桜庭一樹

無花果町に住む18歳の少女・月夜。ある日大好きな兄が目の前で死んでしまった。月夜はその後も兄の気配を感じるが、周りは信じない。そんな中、街を訪れた流れ者の少年・密は兄と同じ顔をしていて……!?

角川文庫ベストセラー

GOSICK ―ゴシック― 全9巻　桜庭一樹

20世紀初頭、ヨーロッパの小国ソヴュール。東洋の島国から留学してきた久城一弥と、超頭脳の美少女ヴィクトリカのコンビが不思議な事件に挑む――キュートでダークなミステリ・シリーズ!!

GOSICKs ―ゴシックエス― 全4巻　桜庭一樹

ヨーロッパの小国ソヴュールに留学してきた少年、一弥は新しい環境に馴染めず、孤独な日々を過ごしていたが、ある事件が彼を不思議な少女と結びつける――名探偵コンビの日常を描く外伝シリーズ。

ルンルンを買っておうちに帰ろう　林真理子

モテたいやせたい結婚したい。いつの時代にも変わらない女の欲、そしてヒガミ、ネタミ、ソネミ。口には出せない女の本音を代弁し、読み始めたら止まらないと大絶賛を浴びた、抱腹絶倒のデビューエッセイ集。

葡萄が目にしみる　林真理子

葡萄づくりの町。地方の進学校。自転車の車輪を軋ませて、乃里子は青春の門をくぐる。淡い想いと葛藤、目にしみる四季の移ろいを背景に、素朴で多感な少女の軌跡を鮮やかに描き上げた感動の長編。

食べるたびに、哀しくって…　林真理子

色あざやかな駄菓子への憧れ。初恋の巻き寿司。心を砕いた高校時代のお弁当。学生食堂のカツ丼。移り変わる時代相を織りこんで、食べ物が点在する心象風景をリリカルに描いた、青春グラフィティ。

角川文庫ベストセラー

次に行く国、次にする恋　林　真理子

買物めあてのパリで弾みの恋。迷っていた結婚に決着をつけたNY。留学先のロンドンで苦い失恋。恋愛の似合う世界の都市で生まれた危うい恋など、心わきたつ様々な恋愛。贅沢なオリジナル文庫。

イミテーション・ゴールド　林　真理子

レーサーを目指す恋人のためになんとしても一千万円を工面したい福美。株、ネズミ講、とその手段はエスカレート、「体」をも商品にしてしまう。若さ、金、権力――。「現代」の仕組みを映し出した恋愛長編。

美女入門　PART1～3　林　真理子

お金と手間と努力さえ惜しまなければ、誰にでも必ず奇跡は起きる！　センスを磨き、腕を磨き、体も磨き、自ら「美貌」を手にした著者によるスペシャル美女エッセイ！

聖家族のランチ　林　真理子

大手都市銀行に勤務するエリートサラリーマンの夫、美貌の料理研究家として脚光を浴びる妻、母のアシスタントを務める長女に、進学校に通う長男。その幸せな家庭の裏で、四人がそれぞれ抱える〝秘密〟とは。

美女のトーキョー偏差値　林　真理子

メイクと自己愛、自暴自棄なお買物、トロフィー・ワイフ、求愛の力関係……「美女入門」から7年を経てますます磨きがかかる、マリコ、華麗なる東京セレブの日々。長く険しい美人道は続く。

角川文庫ベストセラー

RURIKO　林　真理子

昭和19年、4歳で満州の黒幕・甘粕正彦を魅了した信子。天性の美貌をもつ女性は、「浅丘ルリ子」として銀幕に華々しくデビュー。昭和30年代、裕次郎、旭、ひばりら大スターたちのめくるめく恋と青春物語！

男と女とのことは、何があっても不思議はない　林　真理子

「女のさようならは、命がけで言う。それは新しい自分を発見するための意地である」。恋愛、別れ、仕事、ファッション、ダイエット。林真理子作品に刻まれた宝石のような言葉を厳選、フレーズセレクション。

今夜は眠れない　宮部みゆき

中学一年でサッカー部の僕、両親は結婚15年目、ごく普通の平和な我が家に、謎の人物が5億もの財産を母さんに遺贈したことで、生活が一変。家族の絆を取り戻すため、僕は親友の島崎と、真相究明に乗り出す。

夢にも思わない　宮部みゆき

秋の夜、下町の庭園での虫聞きの会で殺人事件が。殺されたのは僕の同級生のクドウさんの従妹だった。被害者への無責任な噂もあとをたたず、クドウさんも沈みがち。僕は親友の島崎と真相究明に乗り出した。

あやし　宮部みゆき

木綿問屋の大黒屋の跡取り、藤一郎に縁談が持ち上がったが、女中のおはるのお腹にその子供がいることが判明する。店を出されたおはるを、藤一郎の遣いで訪ねた小僧が見たものは……江戸のふしぎ噺9編。